聖女ヴィクトリアの考察

アウレスタ神殿物語

春間タツキ

角川文庫
22789

CONTENTS

CHARACTERS

アドラス・グレイン
エデルハイド帝国の騎士。
亡き皇帝妃の手紙により、
皇子である疑惑が浮上する。

ヴィクトリア・マルカム
アウレスタ神殿の第八聖女。
霊や魔力現象を
視ることができる。

イラスト／
六七質

・クレマ妃
現皇帝の側妃。十八年前に死去。

・エミリオ皇子
クレマ妃が生んだ皇子。
生後まもなく死亡したはずだが……。

・マルディナ
アドラスの母。かつて王宮でクレマ妃に仕えた。

・フェルナンド皇子
最後の帝位継承権保持者にあたる第十皇子。

・オルドア・アルノーズ侯爵
帝国議会の副議長を務める大物貴族。
フェルナンド皇子の祖父。

・ナディアス
アルノーズ侯爵の政務秘書。
侯爵家の古参の家臣。

・ロディス皇子
第一皇子。次期皇帝の最有力候補。

・ラウザ司教
帝国教会の聖職者。

・ベルタ・ベイルーシュ侯爵
侯爵家の若き家長。帝国議会の監察官。

・ザザヤ・ナギ
呪術師。

・ミア・カーム
神官の少女。
ヴィクトリアとは神殿学校からの同期。

・オルタナ
神殿の主席聖女。

・ジオーラ
ヴィクトリアの恩師。神殿の前主席聖女。

プロローグ

「聖女ヴィクトリア・マルカム。汝《なんじ》の第八聖女位剝奪《はくだつ》をここに宣言する」

アウレスタ神殿・議場にて。

大勢の神官が見守るなか、オルタナ様が冷たく厳かに宣告した。その顔に慈悲の色はなく、彼女は淡々と言葉を続ける。

「更に、汝には五日間の懲罰房入りを命ずる。贖《あがな》いを終えたのちは追放処分とし、この地に踏み入ることを固く禁ず」

……とうとう、こうなったか。

震える唇を強く結んで、私——ヴィクトリアは、自身に向けられる冷ややかな視線をまっすぐと見返した。

聖画を背にして議長席に座すのは、主席聖女オルタナ様だ。更にその左右には、アウレスタ神殿の首脳陣である、複数の聖女たちが肩を並べ腰掛けている。ある人は険しい顔で、ある人は哀れむような顔でこちらを見るけれど、皆一様に口を固く閉ざしており、私を庇《かば》う声はない。

今日は神殿に属する全神官を集めた審問会が開かれるとのことで、急遽《きゅうきょ》この場に召喚された。しかし議場に到着した私が立たされたのは、同じ聖女たちの並びの席ではなく答弁席で。そして状況説明もないまま先ほどの処分を言い渡され、現在に至る。

いつかはこうなるかもと覚悟していたけれど、予想よりも仕事が早い。さすが、歴代聖女の中でも最優の呼び声高いオルタナ様だ。新たに主席聖女に着任してまだひと月も経っていないというのに、もう邪魔者を排除しにかかってくるなんて。

しかも聖女位剝奪だけでなく、懲罰房入りに追放処分までお命じになるとは容赦がない。まるで用意できうる重罰を、上から順に並べたような有様ではないか。

だけど怖気《おじけ》づいている暇はない。味方がいない以上、己の身は己で守らねばならないのだから。

「納得できません。いかなる罪で私にそのような罰を下されるのか、理由をご説明いただけますか」

「それは、自分の胸に聞いてみてはいかがかしら」

私の問いに応えたのは、オルタナ様ではなく年若い少女の声だった。

声のする方を見ると、胸まで伸びる黒髪を二つに結った少女が立っていた。少女は敵意を隠しもせずに、居並ぶ神官の列から前に進み出る。

彼女の名はミア。私と同時期に神殿学校で学び、共に見習い時代を過ごした神官だ。

「聖女ヴィクトリア。あなたはその目で、死者の霊魂や魔力現象を視認することができるそうね。前主席聖女ジオーラ様はその能力を買って、直弟子のあなたに聖女の称号を与えたというけれど——これに、間違いはないかしら」

　そんなこと、わざわざ確かめなくとも、この場にいる人間ならば誰もが知っているだろうに。そう思いながらも、私はうなずいた。

　見えざるものを視る力。それが私の持つ、たった一つの能力である。そしてたったこれだけの能力を理由に、私は聖女に選ばれた。

「はい、間違いありません」

「では実際に聖女に選ばれてから、その力を用いてどんな貢献をしてきたのか。今この場で教えてくださる？」

「……それは」

　手痛い指摘だった。即答できず言葉に詰まると、ミアは「ふっ」と嘲笑《ちょうしょう》を漏らした。

「そうね、言えるはずがないわ。だってあなたはこの一年、さしたる功績も残さずに、聖女という地位に居座っていただけなのだもの」

　静かだった議場内に、ささやきが広がり始めた。私に注がれる神官たちの視線が、批難を帯びて険しくなっていく。

「でも、あなたが無能であることなどはじめから分かっていたことだわ。それなのに、ジオーラ様はあなたを聖女に強く推した。他にもっと優秀で経験のある神官が大勢いたのに、どうしてあなたが選ばれたのかしら」

歌い上げるように言って、ミアはわざとらしく首をかしげた。そこでやっと、私は自分が何の罪で裁かれようとしているのか理解した。

「つまりあなたは、私が聖女の地位を不正な形で受け取ったのだと言いたいの？」

肯定の代わりに、勝ち誇った笑みを返される。当然だろうと言わんばかりの態度に、負の感情をざわりと撫《な》でつけられた。

能力不十分だと言うならば、私を罷免してしまえばそれで片づく話である。だが彼女らは、そこに『聖女の地位を不実な方法で手に入れた』という疑惑を付け加え、私を罪人として処罰しようとしているのだ。それならば、追放を言い渡す大義名分にもなるだろう。

だけど——

「ありえません」

はっきりと首を横に振る。これだけは、認めるわけにいかなかった。

「確かに私はこの一年間、大きな成果をお示しできませんでした。力不足であったことも、認めます。ですが、聖女の地位を得るため不正を働いたことは一度たりとてございません。何より……」

そこで言葉を切る。ひと月前に看取《みと》ったばかりの、恩師の姿が脳裏にちらついた。

「その主張は私を推挙してくださった、ジオーラ先生の名誉をも貶《おとし》めるものです。今すぐ発言を撤回してください」

言い切ると同時に、ミアを強く見据える。彼女はぐ、とたじろぐように息を吞《の》んだ。ささやき合っていた神官たちも気まずげに口を噤《つぐ》み、わずかなあいだ、重苦しい静寂が議場を満たした。

「その必要はない」

膠着《こうちゃく》しかけた空気を、鋭く切り裂く声がある。オルタナ様の声だった。

「聖女ジオーラの功績は数知れぬが、同時にあの方は己の権威を思うがまま振りかざし、このアウレスタ神殿を私物化していた。その最たる例がお前だ、ヴィクトリア」

「どういう、ことです」

「一年前、空席となった第八聖女には既に別の神官が内定していた。にもかかわらず、聖女ジオーラはその決定を覆し、腹心であるお前を聖女の座につかせた。当時多くの者が、この采配《さいはい》に疑念を抱いたものだ。お前も、そのことを知らなかったとは言うまい」

そう言って、オルタナ様は立ち上がる。研ぎ澄まされた灰色の瞳《ひとみ》が、蔑《さげす》みを込めて私を見下ろした。

「だが、聖女とは単に優秀な人間が選ばれるものではない。過去にも見習いや幼子が聖女に選出された事例はある。だから我々も、一度は聖女ジオーラを信じ、お前を受け入れた。――だが、結果はどうか。お前はその〝眼〟で、一体何をもたらしたのか？

〝物見の聖女〟ヴィクトリアよ」

「私は……」

「その者を、即刻処罰すべきです！　私欲で選ばれ力も示せぬ者に、聖女を名乗る資格はありませぬ！」

神官の一人が、声高く訴えた。すると、荒々しい賛同の声がいくつも後に続く。驚いて振り返れば、怒りに満ちた人々の視線が私の体を貫いた。

「聖女の地位は、ジオーラ様の道具ではない」「結果も残せぬ者を、聖女に据える必要はありません」「このままでは、信徒に示しがつきませぬ」「どうか公平なる裁きを！」

弾《はじ》けた火種が燃え広がるように、更に不満の声は数を増す。いつしか人々の怒りは熱狂を帯びて、議場は私の断罪を求める声で埋め尽くされた。

「無論、過ちを捨て置くつもりはない。たとえそれが、前主席聖女の決定であってもだ」

喧騒《けんそう》を鎮めようともせず、オルタナ様は神官たちに呼びかける。

「此度《こたび》の件が広まれば、神殿の威信は大きく損なわれることだろう。だが、いかに痛みを伴おうと、膿《うみ》を出さねば傷は癒えぬ。――故に五日後、ヴィクトリアの聖女位剝奪の儀を行う。しばらく騒がしくなると思うが、皆には変わらぬ信仰心で以って、聖務に励んでもらいたい」

「お待ちください！」

やっと声を振り絞り、一歩前に踏み出そうとする。だけど次の言葉を口にするより先に、肩を強く摑《つか》まれた。背後を見やれば、複数の神殿兵が私を睨《ね》めつけている。

「我々とご同行を、聖女ヴィクトリア――いや、マルカム殿」

「まだ私の話は終わっておりません」

短く返して、肩を摑む手を振りほどこうとする。と同時に、視界がぐるりと傾いて、体が床に叩《たた》きつけられた。兵にねじ伏せられたのだと理解したのは、それから数瞬あとのことだった。

「何を……！」

「余計な抵抗はなさいませぬよう。ご自分の立場を考えることですな」

私を床に押しつけながら、兵が警告する。身じろぎすらままならず、私は歯嚙《はが》みした。

――私は、利用されたのだ。

ジオーラ先生が亡くなった今も、先生を信奉する人間は神殿の内外に多くいる。先生と不仲だったオルタナ様にとって、彼らの存在は何よりも邪魔なことだろう。だからオルタナ様は、私を理由にジオーラ先生の信用を貶《おとし》めて、未《いま》だ残る先生の影響力を排除しようとしているのだ。

「オルタナ、さま――」

最後の力を振り絞り、叫ぼうとする。しかし途中で口を塞《ふさ》がれ、私の声は虚《むな》しく宙に溶けていった。救いを求めて視線を巡らせても、誰も私に見向きもしない。

顔を上げれば、聖女たちが次々と立ち上がり、今にも議場を去ろうとしている。その中央で、オルタナ様は粛然と神官たちに語りかけた。

「賢明なる諸君らに、神の導きがあらんことを。――それでは、本日の審議はこれで終了とする」

「その話、待ってもらおう」

突然、聞きなれない男の声が割り入ってくる。空気を壊す異質な発言に、熱気を帯びた議場は水を打ったようにしんと静まった。

声の発信源に顔を向ける。

入り口の前に、一人の青年が立っていた。青年はぐるりと議場内を見回すと、迷いのない足取りで、ずんずんと私の方へ歩み寄ってきた。

「な、何者か」

兵の一人が青年に問う。青年は答えず、眉根《まゆね》を寄せて首を振った。

「俺の身元を確かめる前に、まずは彼女から手を離せ。抵抗の意のない婦女子を大の男が寄ってたかって取り押さえて、恥ずかしいとは思わないのか」

「む……」

兵たちはびくりと肩を震わせたのち、顔を見合わせる。しばらく逡巡《しゅんじゅん》するような間があったが、やがておずおずと私から手を離した。

圧迫感から解放されて、ゆっくりと体を起こす。すると青年が更に近づいて、こちらに手を差し伸べてきた。

「災難だったな。怪我はないか」

「え？　お、お陰様で」

つい反射的に、青年の手を取ってしまう。そのままひょい、と引き起こされて、私はしばらく彼の姿をぽかんと眺めた。

見覚えのない人物だった。髪は錆色《さびいろ》で、肌は日に焼けている。体軀《たいく》はがっしりとして逞《たくま》しく、背丈も見上げるほどに高い。年は、二十前後といったところだろうか。衣服は飾り気のない旅装束で、腰元に剣を佩《は》いており――そして何故か、全身ボロボロだった。

何者かは分からないけれど、少なくとも神殿関係者ではない。つまりは、全くの部外者である。それなのに、この青年ときたら自分がここにいるのは当たり前、と言わんばかりに堂々としていて、まるで物怖《ものお》じする様子を見せない。そんな彼が発する得体の知れない迫力にすっかり圧倒されて、周囲の神官たちは言葉を失っていた。

それをいいことに、青年は不敵な笑みをにかりと浮かべて名乗りを上げる。

「俺はエデルハイド帝国グレイン子爵に仕える騎士、アドラスだ。この度は物見の聖女殿にご助力を賜りたく、この地に参った」

よく通る声だった。周囲に語りかけるように、青年は議場内を見渡す。

「経緯は聞かせてもらった。俺は部外者ゆえ、彼女にかけられた容疑については言及を控えよう。能力不十分であるため称号を剝奪《はくだつ》するという話も、まあ分からなくもない。だが、どうして本人の主張を聞きもせず、彼女を裁こうとする？　これでは弾劾というより迫害ではないか。――違うか？」

青年はきょろきょろと瞳を動かして、目についたミアに答えを求めた。啞然《あぜん》としていたミアは、急に話を振られて「え、あ、それは」とはっきりしない言葉を繰り返す。

それを勝手に肯定とみなしたらしい。青年は満足そうに「な、そうだろう」とうなずいて、オルタナ様たち聖女に視線を滑らせた。

「というわけで、物見の聖女の追放は保留だ。ひとまず彼女には、俺の依頼を受けてもらおう。あなた方は、その結果を見て彼女に聖女の資格があるか否かを改めて判断すればいい。誰も損をしない話だと思うが、どうだ」

この人は何を言っているのだろう。

ふてぶてしさ極まりない闖入者《ちんにゅう》の発言に、私は開いた口が塞がらない。それは他の神官や聖女たちも同じであるようで、誰もが呆《ほう》けたように立ち尽くしていた。

「……警備は何をやっている」

妙な空気に様変わりした議場の中で、次に声を発したのはオルタナ様だった。

不機嫌そうに叱責《しっせき》され、兵たちは慌てて青年を摑みにかかる。四方から迫る手に少しも怯《ひる》むことなく、青年は不満そうに肩を竦《すく》めた。

「おいおい、ここはアウレスタ神殿だろう。悩める迷《まよ》い子には神の御使《みつか》いが救いの手を差し伸べてくれるのではないのか」

「日々大勢の信徒が救いを求めてこの地を訪れているというのに、正規の手順も踏まぬ無法者の願いを優先する謂《いわ》れはない」

鬱陶《うっとう》しそうにオルタナ様が返せば、「ほう」と青年は口の端を持ち上げる。

「主席聖女殿は法を重んじるか。ならば、なおさら物見の聖女への処遇は改めた方がいいと思うぞ。それとも神殿の法は、弁護の機会も与えずに罪人を鞭打《むちう》つことを良しとしているのか？　これを諸国が知ったらどう思われるだろうな」

思わぬ反撃だったのか、これまで仮面のように動かなかったオルタナ様の表情が、ぴくりと引きつった。彼女は眉間《みけん》に皺《しわ》を寄せると、神官服を翻して青年に背を向ける。

「つまみだせ」

「はっ！」

更に兵が数を増やして、青年を囲んだ。数の暴力には抗えないらしく、「おいおいそこは摑むなよ」と文句を垂れながら、彼は荷物のように運ばれて行く。

静かになった頃にはオルタナ様をはじめ列席していた聖女たちは姿を消しており、状況を飲み込めぬ私とそのほか神官たちだけが、議場に取り残されているのだった。

「……あれ、あなたの知り合い？」

同じく置き去りになったミアが、ぼそりと訊《たず》ねる。これに私は首を振った。

「ううん、知らない人」

——そう、私は知らなかった。これが私にとって、運命の出会いであったことを。

第一話

アウレスタ神殿は、どの国家にも属さぬ完全独立の宗教組織だ。

『神の御名《みな》の下、世界に秩序と安寧を』

自らを神の使徒と自負する彼らは、そんな標語を掲げて世界各地に神官を派遣し、悩める人の子らに救いの手を差し伸べている。その歴史はざっと数えて六百年。なかなか年季の入った慈善団体だ。

救いの内容は病の治療、魔獣の退治、紛争の平定から、災害の沈静化、失《う》せ人探しなどなんでもござれ。神殿には各分野に精通した専門家が在籍しており、ありとあらゆる困難を解決に導くことが可能なのだ。

その頂点に立つのが、八人の聖女である。

神話に記された八人の乙女の意思を継ぎ、俊英揃いの神官を取りまとめる彼女らは、常に大陸中の人々からの畏怖《いふ》と敬意を一身に集めており、その発言力は一国の王に比肩するとも言われている。

多種多様な民族・国家がひしめくこの世界において、アウレスタの聖女は最も影響力のある女性たちと言っても過言ではないだろう。

……一応、私もその一人だった。


天井からぽたりと落ちる水滴が頬を濡《ぬ》らす。四方を囲む石壁は冷たく湿り気を帯びていて、凍える体から熱ばかりを奪っていく。かじかむ足先を擦《さす》りながら、私は真っ黒な天井をぼんやりと仰ぎ見た。

ここは、アウレスタ神殿東の塔最上部にある懲罰房。教則に背いた神官が、己《おの》が罪と向き合い、悔い改めるための場所だ。

広さは両手を広げれば、左右の壁に手がつく程度。家具は粗末な寝台と、座ればひしゃげそうな木製の椅子、灯の消えかけた魔力ランタンがあるだけ。当然ながら窓はなく、錆《さ》びついた鉄扉だけが外界とこの房を繋《つな》いでいる。

懲罰房に入るのは、これが初めてのことである。狭くて暗いだけなら大して辛《つら》くもなかろうと高を括《くく》っていたけれど、房に放り込まれてから三日ほど経過したところで、私は根をあげそうになっていた。

硬い寝床は問題ない。ほとんど灯《あか》りのない環境にも適応できている。湿っぽいのも我慢しよう。昔寝起きしていた神殿学校の宿舎も、しょっちゅう雨漏りしていたから。

——だけど、寒い。とにかく寒い。季節はもう春だというのに。微睡《まどろ》もうとも即座に冷気が眠気を振り払い、思考に耽《ふけ》ろうとも震えで集中が途切れてしまう。そのせいで、いくら待てども時間は遅々として進まない。寒さがこれほど心と体を削るものだとは知らなかった。何事も経験である。
おまけに……

『いや……ここから出して。私は何も盗んでなんかいない。ぜんぶ、同室の子がやった
ことなのよ。それなのに、どうして私がこんな目に遭わなきゃいけないの……』

部屋同様、湿っぽい女の声。
そっと房の隅を横目で見ると、そこには膝《ひざ》を抱えて体を震わす女神官の姿があった。
顔は見えないが、声や体つきから受ける印象はまだ若い。身に纏《まと》う神官服は数十年ほ
ど前のものだ。裾《すそ》から伸びる剝《む》き出しの足は死者のように青白い。
否、〝死者のように〟ではない。彼女は正真正銘、死者だった。

『寒い、寒いの。誰か助けて。このままじゃ私、死んじゃうわ……』

うん、その通り。説得力に満ちた発言を聞いて、なんとも憂鬱《ゆううつ》な気持ちが胸にこみ上
げてくる。

——このように、私には常人よりも多くのモノが視えている。
それは精霊であったり、幽霊であったり、魔力そのものであったり。視えるモノの種
類は多岐にわたり、何が視えていて、何が視えていないのか、正確なところは自分です

ら把握できていない。

ただ、先刻から鬱々《うつうつ》とした嘆きを繰り返している懲罰房の先客が、人ならざるものであることは確かだ。私をここに閉じ込めた看守たちには、彼女が見えていないようだったから。

発言の内容から推測するに、彼女は無実の罪で懲罰房送りとなり、そのまま命を落とした見習い神官であるようだ。息絶えたことに気づいていないのか、彼女は部屋の端で丸まって、見えぬ誰かに助けを求め続けている。その声が大きくなればなるほど室内の温度は下がっていき、冷気が肌を容赦なく突き刺してくるのだった。どうやらこの寒さは、彼女のせいでもあるらしい。

これが他の聖女たちだったなら、自分の体を温めたり、哀れな霊を浄化させてやることができたりするのだろう。けれど視るしか能のない私は、ただただ震えることしかできやしない。

……オルタナ様やミアの主張はあながち間違いではない。

はっきり言って、私は歴代聖女の中でも類を見ないほどの役立たずだ。癒しの奇跡は使えないし、戦いの才能もない。一般的な魔術も、魔力がないから使えない。

ミアは私がさしたる業績を残せていない、と批判していたけれど、本当にその通りなのだ。

数少ない仕事の中で一番大掛かりだったものは、魔術で神の奇跡を演出し、人々から寄付と称して金品を巻き上げていた、詐欺師たちの悪事を暴いた事件だろうか。それなりに感謝はされたものの、大規模水害を鎮めたり、凶暴な魔獣を討伐したりと英雄譚《たん》さながらの活躍を見せる他の聖女たちと比べると、何とも地味な手柄だった。

それに、私が不相応な立場にいるというのも事実だ。私は見習い時代からさして優秀でもなく、むしろ落ちこぼれの部類に入る人間だった。それなのに、当時主席聖女であった師・ジオーラの一声で、一年前、突如聖女の末席に加わることになってしまったのだ。

「これは予言だ」

聖女選出会議で渋るお偉方を相手に、ジオーラ先生は高らかにそう宣言した。

「こいつの力は真実を見通す。いずれ役に立つだろうから、今のうちから聖女にしといて損はないよ」

思い返せば、何ともいい加減な主張である。しかし未来を見通す〝先見《さきみ》の聖女〟の言葉とあっては、誰も異を唱えることができなかった。

だが、私にだけ霊やら精霊やらが視えたところで何かの役に立てるはずもなく。そうこうしているうちにジオーラ先生はあっさりとあの世へ旅立って、私の有用性を保証するものは何もなくなってしまったのだった。

だから先生が亡くなり、オルタナ様が次の主席聖女に決まった時から、私は覚悟していた。

オルタナ様は、勝手気ままで自由な気風の先生を毛嫌いしていて、私の聖女就任の際も、ただ一人最後まで反対の声を上げていた。そんな彼女が、私がのうのうと聖女の座に居座り続けることを許すはずがなかったのだ。

「私の予言も絶対じゃあない。行動しだいで回避することも、より良い未来を得ることも可能だ。……ま、つまり。これからどうなるかは、お前たちしだいってことさね」

私が聖女となった日。ジオーラ先生はそんなことを言っていた。人を無理やり聖女にしておきながら、なんて無責任なことを——と思わなくもなかったが、こちらを見る目が真剣味を帯びていて、不平が喉元《のどもと》に留《とど》まったのを覚えている。

先生は型破りな人ではあったけど、自分が視た未来については絶対に偽りを口にしようとしなかった。だから本当に、私が聖女となって人々の役に立つ未来というものも存在したのだろう。——残念ながら、その未来は儚《はかな》く砕け散ってしまったけれど。

「しかし、私のみならずジオーラ先生の信用まで貶《おとし》めようとするなんて。オルタナ様は一体、何をされるおつもりか……」

ジオーラ先生が生前に残した予言の数々は、聖遺物として神殿の禁書庫に保管されている。その中には遠い未来の戦いや、災害についての記録もあると聞いているが、この騒動で先生の信用が落ちてしまったら、それらの価値も紙くず同然と化すだろう。

しかし、聖女から〝自称霊感女〟にまで格を下げた私が、この事態をどうこうできるとも思えない。

今だって、嘆き苦しむ霊を救ってやることすらできないのだから。

『寒いわ……』

「寒いですね……」

凍える霊に同調する。

今や足先の感覚までなくなりつつあった。思考が霞《かす》みがかったように、頭がぼんやりとしてくる。このまま眠ってしまえば、わざわざ追放される必要もなくなるかも――

「聖女殿、ここにいるのか」

「え。はい、起きています」

扉の向こう側から響く男の声に、意識がぱっと浮上する。

寝ぼけ眼をぱちくりさせながら私は数度うなずいて、それから「おや？」と首をかしげた。

見張りは私への声かけを一切禁じられているはずだ。それなのに、どうして人の声が聞こえるのか。

「……あの、どちら様ですか？」

「夜分遅くに失礼。俺はアドラス・グレインという者だ。先日お会いしたのだが、覚えているだろうか」

妙に堂々とした声がそう応えた。

もちろん覚えている。審問会に乱入してきた、あの自称帝国の騎士ではないか。

「ええ、覚えております。その節はどうもお世話になりました」

「別に世話はしていない。むしろ、力になれず申し訳なかった」

本当に申し訳なさそうに言われて、こちらは面食らってしまう。

審問会の時には、ずいぶんと珍妙な人が紛れ込んできたものだと思ったけれど。一対一で語らう彼の態度には、どこか紳士的な空気が感じられたのだ。

「……いいえ、お気になさらず。こちらこそ、見苦しいところをお見せしてしまいました。でも、どうして貴方《あなた》がここに？　ここは懲罰房ですよ。部外者の立ち入りは禁じられているはずですが」

「君に用があってな。ここにいると聞いて会いにきた」

用？　そう言えば、審問会でもこの人は私に頼みたいことがあると言っていたっけ。

しかし懲罰期間中の人間に面会することが許されるなんて、一体どんな案件なのだろう。

「オルタナ様が面会の許可をお出しになったのですか？」

「まさか。頼みはしたが、取り付く島もなかったぞ。威厳のある女性だが、あの感じの悪さはいかがなものかと思うな」

「んん？　つまり、貴方は無断でこの場にいらっしゃるのですか」

「その通りだ」

アドラスさんに、まったく悪びれる様子はなかった。しばらく開いた口が塞《ふさ》がらず、私は鉄扉を見つめる。

「……それはそれは。ですが、どうやってここまでいらしたのです？　見張りがいたと思うのですが」

塔の内部はぐるぐると螺旋《らせん》階段が巡っているだけの構造となっており、入り口から懲罰房までは基本的に一本道だ。見張りの目を盗んで忍び込む、なんて方法は不可能なはず。

「どうやって、と言われてもな。『入り口から歩いてここまで来た』としか言いようがない。途中何人かに騒がれそうにはなったが、彼らにはとりあえず気を失ってもらった」

「なるほど」

疑いようもなく、立派な不法侵入者だった。

ここは「きゃー」と、大声で叫んでみるべきだろうか。

しばし悩むが、やめておく。ここで叫んでみても、駆けつけて来るのは見張りぐらいなものだ。私にとっては、見張りと不法侵入者にさほど大きな違いはない。

ならば、彼の話を聞きたいと思った。かなり太々《ふてぶて》しいけど、悪意は感じられないし、この人は審問会で唯一私を庇《かば》ってくれた人物でもある。彼が私に何を求めているのか、興味があった。

「そんな危険を冒してまで私に会いに来るとは、一体どういったご用件ですか」

「実は、物見の聖女である君に証明してもらいたい事があるんだ。そのために帝国からはるばるこのアウレスタまでやって来たのだが、いざ到着してみれば『しばらく神殿は締め切りだ』と門前払いされてな。それでは困ると神殿内に立ち入ってみれば、まさに君が聖女位剥奪《はくだつ》と追放を言い渡されているところだった」

「それは……本当に切羽詰まっているご様子で。それで、私に証明してもらいたいこととは？」

「俺が『レオニス皇帝陛下の実子ではない』と証明してほしい」

「……」

しばらく、彼の言葉を受容できなかった。

レオニス・エデルハイド。その名前は、よく知っている。いや、この大陸上においては、知らない人間を探す方が難しいだろう。

「……一応、確認ですけど。レオニスというのは、エデルハイド帝国の現皇帝陛下であらせられる……？」

「そうだ。そのレオニス皇帝陛下だ」

あっさりとそう返ってきた。残念ながら冗談ではないらしい。

エデルハイド帝国。それはこの大陸上において、最大の領土を誇る一大国家の名前だ。国土は大陸西部に位置し、土地は肥沃《ひよく》で資源に溢《あふ》れる。また有数の軍事国家としても知られており、今なお周囲の国々を飲み込んで、支配の腕を広げていると聞いている。

そんな大国の頂点におわす皇帝の名を、こんな陰気な場所で耳にするとは思ってもいなかった。

「あのう。アドラスさんは、帝国皇室の方なのですか？」

「いいや。俺はただの田舎騎士だ。生まれてこのかた、自分を皇子だと思ったことは一度もない」

大袈裟《おおげさ》ぶるわけでもなく、打ち明ける風でもなく、ただ淡々とアドラスさんは続ける。

「俺の母は現グレイン子爵の妹でな。俺自身は、母が帝都にいた時恋人との間に身籠《みごも》った、所謂《いわゆる》私生児というやつだ。父はとっくの昔に死んでいて、俺と母は長らくグレイン領で伯父《おじ》の世話になりながら生きてきたのだが……最近母が亡くなり遺品の整理をしていたら、母宛《あて》の妙な手紙が見つかって。その手紙を読んだ連中が、『アドラスはこの国の皇子である』と言い出したんだ」

「その手紙に、アドラスさんが皇帝陛下のご落胤《らくいん》であることを示唆するような記載があった、ということですか」

「概ねその通りだ。……落胤というわけでもないのだが」

概ね、とはどういうことだろう。今の話を聞くかぎり、『アドラスさんの母親のお相手が、実は皇帝陛下だった』という流れのように思えるのだけれど。

「――とにかく、俺はアドラス・グレインだ。それ以上でもそれ以下でもないことは、自分でよく分かっている。それなのに、周囲は俺が皇子であるだの偽物だのと勝手に大騒ぎして、いい加減迷惑しているんだ」

彼はうんざりした調子で語る。その言葉に、嘘や妄想の類《たぐい》は混じっていないように感じられた。

　確かに、帝国皇室の人間が一人増えるかも、という話が広がれば、大騒ぎにもなるだろう。この青年がそうした騒ぎを好まぬ性質《たち》であるということも、これまでの会話でなんとなく察することができた。

「しかし、どうしてそれを否定するのにわざわざ神殿へ？　皇子である可能性があるなら、たとえアドラスさんが望まなくても、しかるべき機関が検証してくれるのでは」

「すまないが、今は説明を省かせてもらおう。追われる身としては、あまり悠長なことをしていられなくてな」

「えっ……？」

「賊が侵入した！　持ち場を確認しろ！」

　遠くから、怒気の混じった声が響く。続けて複数の、慌ただしく床を蹴《け》る靴音が聞こえてきた。

「──まあ、こういうことだ」

「こういうことって……アドラスさん、追われているんですか！」

「ああ。昏倒《こんとう》させた人間を、いちいち隠している余裕もなかったからな」

　ごく当たり前のように返される。なかなか切羽詰まった状況のように思えるのだが、この人の余裕は一体どこから来るのだろうか。

　靴音はまっすぐ房に近づいている。このままだと、程なくしてアドラスさんは兵に取り囲まれることになるだろう。今の話がどう転じれば私が必要だという話に繋《つな》がるのか気になるけれど、これ以上彼を引き止めるわけにはいかない。

少しの名残惜しさを感じながら、私は扉の向こうに呼びかけた。

「アドラスさん。このままここにいても捕まるだけです。せっかく私を頼って神殿にいらしたのに、お手伝いできなくて心苦しくはあるのですが……どうか、早くお逃げください」

「聖女殿はどうしたい」

間髪を容《い》れずに問われて、答えに窮する。どうしたいと問われても、私は現在囚われの身だ。選択肢なんてないのに。

「『物見の聖女は、真実を見通す』。かつて先見の聖女ジオーラは、そう予言したのだろう。俺はその言葉を信じてこの地に来た。了承してくれるなら、俺は聖女殿に真実を視てもらいたい」

「でも、ここから出られない以上私は」

——瞬間。キン！　と金属を弾《はじ》くような音が石壁を叩《たた》いた。

次いで魔力で強く封じられていたはずの鉄扉が、軋《きし》む音と共に開かれる。その隙間から姿を現したのは、錆色《さびいろ》の髪の青年だった。

「ほら、扉なら開いたぞ」

「え……えっ？　今、どうやって？　この扉、魔力で錠がかけられていたはずなのですが」

「錠？　それなら斬《き》った。なんだ、これは魔術の類だったのか？」

アドラスさんは、何てこともなさそうな調子で扉の端を指差す。

疑い半分に凝視すれば、確かにそこには、ぷすぷすと魔力を漏らしながら真っ二つに断たれた錠があった。

……信じられない。魔術――それも、神官が施した高等術だ――を物理で斬るなんて。喩《たと》えるならば、丸太を短刀で二つに割るかのごとき所業である。彼の腰元の剣も目視で確認するが、特に変わった様子はない。特別な魔道具を使ったわけでもないようだ。

「なんだこの部屋は。ずいぶん寒いな」

顔をしかめながら、アドラスさんはのっそりと室内に踏み込んだ。薄暗い房の中で、彼の双眸《そうぼう》が蒼炎《そうえん》のように輝きながら、凍《い》てつく私の姿を捉《とら》えた。

「物見の聖女殿」

「は、はい」

呼びかけられて、丸まっていた背がぴんと伸びる。

「この部屋に残り、あの聖女たちに沙汰《さた》を任せたいと言うなら邪魔はしない。俺はあなたの意思を尊重しよう」

「……意思」

「だが、もし俺と共に来てくれると言うのなら。俺はこの剣にかけて、この場からあなたを連れ出し、お守りすると約束する。

聖女殿。どうか、俺を助けてくれないか」

なんともちぐはぐな台詞《せりふ》を口にして、アドラスさんは私に向かって手を差し伸べた。

呆《ほう》けた顔のまま、私は眼前の大きな掌《てのひら》を覗《のぞ》き込む。

なんの魔力の気配も感じられない。ただの男の人の、ごつごつとした手。

それなのに、胸が騒ぐ。耳の奥で、波乱が渦巻く音がする。この手を取れば、私はきっと後戻りできなくなる。

そう、分かっているのに。

気づけば私は、彼の手を強く握っていたのだった。

「よし、交渉成立だな」

すぐさま私の手を握り返して、アドラスさんはにかっと屈託のない笑みを浮かべる。

急に気恥ずかしくなってきて、さっと視線を足元に落としながら、私は小さく頭を下げた。

「よろしく、お願いします」

「ああ。よろしく頼む、聖女殿。——さあ、時間がない。さっさとこの場所から離れるぞ」

私の手を握ったまま、アドラスさんは扉の外へと向かおうとする。けれど一つ用事を思い出して、私は慌てて足を止めた。

「あ、あの！　少しお待ちください」

房の隅に視線を向ける。そこには、膝《ひざ》を抱えて冷気を発する霊が一人。

一度も意思の疎通に成功していないが、これでも三日を共に過ごした仲である。冤罪《えんざい》でこの房に投げ入れられたという境遇にも、共感を覚えずにはいられない。時間はないけれど、彼女をこのままにはしておけなかった。

「ねえあなた。ここにいても寒いだけですよ。扉も開いたことですし、外に出たらどうですか」

『いや……。寒いのはもうごめんよ。いっそ死んでしまえば、楽になれるのに』

いやもう死んでいますよ。そう言いたいのを堪《こら》えながら、私はぶつぶつと嘆き続ける亡霊を見下ろす。

霊とは大概こういうものだ。彼らに生きた人間ほどの思考力はなく、生前の感情に強く支配された言動ばかりを繰り返す。ただ優しく語りかけても、反応を示す者などほとんどいない。

彼らは言わば、魂の残滓《ざんし》。手を差し伸べずとも、放っておけばいつかは跡形もなく消えてしまうだろう。

……だけど。

「そこ！　扉！　開いていますよ！」

呼びかけが伝わるよう、慣れない大声を張り上げる。ついでに身振り手振りを加えると、初めて霊は顔を上げた。

「ここにいても寒いだけです！　ほら、あっち！」

『……』

霊は虚《うつ》ろな瞳《ひとみ》で私を見つめ、次に扉へと顔を向ける。彼女の瞳に開け放たれた扉を映すことができて、とりあえず私はほっと息をついた。

「私はここを出ます。あなたもこんな場所に縛られていないで、別の場所に行ってみてはどうですか。ここだけの話、神殿の幹部会議室はいつも暖かいのでお勧めですよ」

『……』

私の言葉に、霊は何も返さない。結局彼女は視線を天井へと戻し、ぼうっと宙を眺めるのだった。

伝わったのかは分からない。だが、できることはした。これ以上の干渉は必要あるまい。

「もしかして、そこに霊がいるのか」

アドラスさんは興味津々な様子で目を見開く。私が「はい」とうなずけば、彼は小さく感嘆した。

「すごいな。俺には、聖女殿が壁に話しかけているようにしか見えなかったぞ」

失礼な発言に聞こえるけれど、どうやら本気で感心してくれているらしい。事実、彼の瞳は少年のように輝いていた。

「これは期待できるな。さあ、行こう」

懲罰房からようやく出ると、塔の下からこちらへ迫る、複数の足音が聞こえた。

かなり近い。螺旋《らせん》階段の吹き抜けから下を覗き込むと、段を駆け上がる神殿兵たちの影が見える。

「もうそこまで……。ごめんなさい、時間を取り過ぎました」

「どうせ出口までは一本道だ。遅かれ早かれ彼らとは遭遇することになっていたさ」

確かにそうだけど。

アドラスさんは特に焦る様子もなく、ずんずんと階段を下っていく。

「どこかに隠れてやり過ごしますか」

「必要ない。俺の図体《ずうたい》を隠せる場所も見当たらないしな」

つまり逃げも隠れもしないということらしい。

このままだと袋の鼠になるのでは、と不安を抱きつつ彼の背中についていく。すると程なくして、殺気立った兵たちと互いに姿を認め合うことになった。

兵たちは警戒をにじませながら、私たちの進路を塞《ふさ》ぐように横へと広がる。

「そこの男、止まれ！　神聖なるアウレスタに土足で踏み入り、聖女を連れ出そうとするとは何事か。今すぐ武装を解除し投降せよ！」

「聖女ヴィクトリア、懲罰房にお戻りください。聖女ともあろうお方が、罰の半ばで逃げ出すなど許されませんぞ！」

「よし、突破するぞ。失礼」

アドラスさんは兵たちの警告を聞き流して、私に呼びかける。かと思えば唐突に、私の体を両手で抱え上げた。

「え――」

「少し揺れるぞ」

何をするのか、とこちらが問いかける暇もなく、アドラスさんは前方に向かって走りだす。

足を止めるどころか一気に間合いを詰めようとする侵入者に兵たちは呆気《あっけ》にとられ、数瞬ののちに慌てて剣を引き抜いた。

「警告はしたぞ！　止まらぬなら――」

兵士の警告は、アドラスさんの蹴《け》りによって中断された。

腹に重い一撃を食らった兵は、「ぐぅ」と切なげな声を発しながら、階段の踊り場へと転げ落ちる。虚をつかれた他の兵たちは一拍遅れて剣を振りかざすが、アドラスさんは迫る刃《やいば》を何気ない動作で躱《かわ》し、足で払い、易々と包囲を抜け出してしまう。

私が瞬きする間にも、彼は軽やかな足取りで螺旋階段を跳躍して、いとも簡単に武装した兵士たちの壁を突破したのだった。

「ま、待て！　待たんか！」

背後から兵士たちの声が響く。もちろんアドラスさんは待たない。滑るように段差を下り、風を切って、最後にひょい、と吹き抜けを飛び降りると、彼はとうとう出口に辿《たど》り着いたのだった。

「すごい」

小猿のようにアドラスさんにしがみつきながら、こっそり嘆息する。

神殿の兵たちは、一国の正規軍に劣らぬ修練を積んだ人ばかりのはず。しかし、アドラスさんはまるでものが違った。

私を抱えたまま見せた軽やかな身のこなしも、剣の流れを読み取る動体視力も、全てが常人離れしている。何より、動きに迷いがない。兵や私が戸惑い一呼吸する一瞬の間に、彼は次の行動を開始していたのだ。

「入り口から入って、歩いて懲罰房《ここ》まで来た」とアドラスさんは言っていたが、彼の突破力を目の当たりにした今、その言葉に何の比喩《ひゆ》も冗談も含まれていなかったのだと思い知らされる。

「供を待たせてある。このまま神殿の外まで向かうぞ」

私をそっと地面に下ろしながら、アドラスさんが言う。うなずいて、私は塔の外へと足を踏み出すのだった。

通り雨が抜けたあとなのだろうか。久しぶりの外は、湿った土の匂いがした。

既に夜空は晴れ上がり、月が濡《ぬ》れた町を皓々《こうこう》と照らしている。

塔を抜け出しアドラスさんが向かったのは、神殿近くの広場だった。

この場所は一般向けに広く開放されており、夜は宿を取り損ねて野宿する巡礼者たちで、いつも賑《にぎ》わっている。今もあちこちに天幕が張られていて、その隙間からいくつかの寝息が聞こえてきた。

アドラスさんは何かを探すように視線を動かす。そして広場端の木に繋《つな》がれた馬を見つけると、そちらへ足早に向かった。

「リコ！」と彼が呼びかけると、木々の合間から小さな人影がぴょこっと顔を出す。

巻き毛の利発そうな男の子だった。歳は十二、三歳くらいだろうか。背丈は私よりもやや低く、顔立ちはまだ幼い。

彼はアドラスさんの姿を認めると、眉《まゆ》をきりきりと吊《つ》り上げた。

「アドラス様、どこに行っていたんですか！　いきなりいなくなるから心配したじゃないですか。てっきり、また襲われたか捕まったのかと――」

少年は摑《つか》みかからん勢いでアドラスさんに詰め寄ろうとしたが、私に気づくとはたと足を止めた。彼の大きな瞳が、訝《いぶか》るように細められる。

「……誰ですか、それ」

「リコ、失礼だぞ。こちらは八聖女の一人、物見の聖女ヴィクトリア殿だ」

「えっ」

少年は目を見開いてその場に凍りつく。言葉を失う彼に、私は深々と頭を下げた。

「ヴィクトリア・マルカムです。どうぞよろしくお願いします」

「あ……えっと。僕はリコです。アドラス様の従士をしています」

ぎこちない動きで、リコ少年もお辞儀を返す。それから彼は、困惑の表情で主人を見上げた。

「どういうことですか。先日は『神殿は好きになれない』と怒っていたのに。結局、協力してもらえることになったんですか？」

「色々あってな。物見の聖女の力を借りるため、彼女を誘拐することになった」

「はあ!?　誘拐!?」

リコくんの叫びが広場にこだまする。いくつかの天幕から人が顔を出して、咎《とが》めるようにこちらを睨《にら》みつけた。

「こら、リコ。あまり大声を出すな」

「だ、だって。どうして……」

リコくんは混乱を露《あら》わに私とアドラスさんを何度も見比べる。彼が戸惑うのも無理はない。私自身も、自分の置かれた状況に少々混乱しているのだから。

「説明は後だ。もたもたしていると追手がくるぞ。荷を纏《まと》めて早くここを離れよう」

追及不要とばかりにアドラスさんは馬装を始める。リコくんはもの言いたげにアドラスさんの背中を見つめるが、結局は諸々を押し殺したような表情で、荷の用意を始めるのだった。

邪魔にならぬよう脇に寄りながら、二人の様子を観察する。

アドラスさん同様、リコくんの衣服も長旅を経たあとのように擦り切れていた。そのわりに荷物は少量で、あっという間に彼の荷支度は済んでしまう。

このアウレスタから帝国領までは、馬で駆けて四、五日ほどの距離しかない。馴《な》らした魔獣を使えば、もっと短く二日半だ。確かに大掛かりな旅支度は必要ないが、どうして彼らの衣服はこんなにくたびれているのだろう。

いや、そもそも彼らは帝国領からここに来たのだろうか。アドラスさんは帝国の騎士だと言っていたが、だからといって出発点が帝国であるとは限らない。今から向かう先が帝国だという保証もない。

……本当に、何も聞かずについてきてしまったものだ。

「馬には乗れるか」

「はい、少しは」

アドラスさんの問いにうなずき返す。馬は得意ではないが、乗れないことはない。

「この通り、二頭しかいないからな。しばらく俺と二人で我慢してもらうぞ」

「聖女様と二人乗りなんて、不敬じゃないですか」

「ではお前が俺と乗るか。俺はそれでも構わんぞ」

アドラスさんが暴論を振りかざせば、リコくんは何も言わなくなる。

不服そうな従者の頭をぽんと叩《たた》くと、アドラスさんは馬に跨《またが》って、私に手を伸ばすのだった。

「さあ行こう、聖女殿」


「マルカムが逃げた、だと」

「……はい。申し訳、ございません」

主席聖女執務室にて。ミアは唇を噛《か》み締めながら、頭を下げた。

オルタナは表情こそ動かさないものの、彼女が全身から発する空気は、刃のように鋭く冷たい。

しかしミアの胸の内は、屈辱で焦げつきそうなほど熱かった。

神殿内の警備統括はミアの仕事だった。警備の配置と人事は、近頃彼女の手によって再編成されたばかり。それなのに、二度も同じ部外者に警備を突破された挙句、ヴィクトリアの逃亡を許す羽目となってしまった。

オルタナの配下となってこの地位を勝ち取ったばかりなのに、どうしてこんな無様な事態になってしまったのか。

——それもこれも、全てヴィクトリアのせいよ。

心の中で吐き捨てて、ミアは忌々《いまいま》しげに拳《こぶし》を握り締める。

ヴィクトリアはその昔、陰気で鈍臭い子供だった。他の子供たちが遊びや勉学に夢中になっているあいだ、彼女はいつもぼけっと突っ立って、何もない部屋の角を見つめていたものだ。当然ながら周囲からは気味悪がられ、扱いに困った大人たちは、彼女の世話を優等生のミアによく押しつけた。

その度に、どれだけ煩わしい思いをしたことか。

だが、気づけばヴィクトリアはミアを差し置き主席聖女の付き人に選ばれていて。ついには十七という若さで、聖女の座まで手に入れてしまった。

許せない、と思った。何が「物見の聖女は真実を見通す」だ。

蟻の行列を眺めて一日を使い潰《つぶ》すような奴が、一体どんな真実を視るというのか。あんなもの、予言でも何でもない。きっと聖女ジオーラは、弟子可愛さにでたらめを口にしたのだ。

だから間違いを正してやろうと、ここまで尽力したのに。あともう少しというところで、ヴィクトリアは裁きの手から逃れ、ミアの足を最悪な形で引っ張るのだった。

「追跡は私にお任せください。部隊の編成は既に済んでおります。計画的な脱走とは思えませんし、捕縛にそう時間はかからないでしょう。あのアドラスという男も必ず——」

「必要ない。放っておけ」

必死に並べた提案があっさりと却下され、ミアは続きの言葉を失った。

追う必要がないとはどういうことか。懲罰房から抜け出して、どこの馬の骨とも知れぬ男と逃げるなど、不淫《ふいん》を誓う聖女にあるまじき所業である。神殿内の風紀と規律のためにも、あのような堕落者はさっさと捕らえて見せしめにするべきではないのか。

そんなミアの考えに応えるように、オルタナは首を振った。

「現状はむしろ我々に好都合だ。あれが逃げるなら、好きにさせた方がいい」

「好都合、とは」

「マルカムの聖女位剝奪《はくだつ》は、半数以上の上級神官から同意を得て決議された。しかし未《いま》だに聖女ジオーラの言葉を盲信し、此度《こたび》の追放処分を渋る者もいる。だが、マルカムがここで逃亡するなら、彼らも表立ってあれを庇《かば》うことはできなくなるだろう」

「ですが、もし彼女を取り逃がしてしまったら」

「問題ない」

きっぱりとオルタナは言い切る。

「あの者たちの目的と行き先は把握している。だから今は泳がせておけ。聖女位剝奪の儀を終えていない以上、いずれ処理する必要はあるが」

処理、という言葉にミアはひやりとしたものを感じた。

聖女の位は、書面や口頭でやり取りできるものではない。一人を罷免するのにも、神殿幹部の承認を得て、しかるべき祭儀を執り行うか――もしくは、対象者の死亡を確認する必要がある。

オルタナの言う処理とは、一体どちらのことなのか。

「マルカムとあの騎士は、帝国領へ向かっているはずだ。帝国には何人か知己がいる。いつでも手を回せるよう私から連絡を入れておこう。……それもあの男と共にいるなら、必要なくなるかもしれないが」

「承知、いたしました」

煮え切らない思いを抱えたまま、しかしそれ以上オルタナに問いかけることもできず、ミアは深くうなずいた。もとより、彼女には首を横に振れるだけの権利も力も存在しないのだ。

オルタナはしばらく腕を組んでいたが、やがてこの話題に興味が失《う》せたらしい。ミアなどはじめからいなかったかのように、手元の書類に目を落とし始めた。

黙ってもう一度礼をして、ミアは執務室を出る。そして扉を慎重に閉じたところで、肺腑《はいふ》の空気を一気に吐き出した。

オルタナの配下となって、もう一年が経つ。

彼女の一派は有能揃いで有名で、仕事はできて当たり前。普通の頑張りなど評価の対象にもならない。だからミアはあらゆる仕事を引き受け、全てを完璧《かんぺき》にこなし、ただの一神官として埋もれぬよう努めてきた。

だが、まだ足りない。ミアはオルタナの眼中にすら入れてもらえない。

今だって、言いたい言葉が言えなかった。ミアの胸中で蠢《うごめ》く予感を、伝えることができなかった。オルタナの研ぎ澄まされた空気が、助言も反論も許してくれなかったのだ。

……おそらくオルタナは、ヴィクトリアごときに何もできぬと踏んでいるのだろう。

だからこそ、この状況で放置を選んだ。

その考えは正しい。だが、甘くもある。

確かにヴィクトリアは何もできない。あんな無能に、成せることなどあるはずがない。

しかしいつだって、事件は彼女の周りで起きるのだ。

第二話

「信じられない！　神殿に不法侵入した挙句、大した説明もなしに聖女を連れ去るなんて！」

怒りに声を震わせながら、リコくんは拳《こぶし》を握りしめた。一方アドラスさんは、のんびりと頭を掻《か》く。

「説明する暇がなかったからな」

「そういう問題じゃないでしょう！　どうしてアドラス様は、行く先々で目と耳と常識を疑うような面倒ごとばかり引き起こすんですか！」

「でも、そのお陰で私は救われたわけだし」

「あなたも、ろくに事情も知らないまま、アドラス様について来るなんてどうかしています！　救われたって言いますけど、これじゃあご自分の置かれた状況を悪化させているだけなのでは？」

「そ、そんなことは」

反論を試みるが、上手《うま》い返しが何一つ思いつかなくて、私はしゅんとうな垂れた。

——アウレスタ神殿を脱出し、逃亡を続けること半日と少々。神殿自治領を無事に抜け出し、クレスナという宿場町《しゅくばまち》にたどり着いた私たちは、安価な小宿に宿泊することになった。そして夕食をとるため食堂の卓につき、やっとリコくんに現状を説明したところで、彼の怒りに火が点《つ》いたわけである。……それも、当然の話ではあるけれど。

「リコ、あまり目立つ真似はするな」

アドラスさんが軽く窘《たしな》めながら、周囲に視線を走らせる。

テーブルと長椅子が並べられただけの簡素な食堂には、はじめ私たちしかいなかったけど、三人で顔を寄せ合って話すうち、いつの間にかほとんどの席は客で埋まっていた。

リコくんの叫びを聞きつけたのか、数人の客がこちらに視線を寄越している。

「……すみません」

リコくんは浮かしかけていた腰を椅子に戻す。しかし顔は不満げに顰《しか》めたまま、声量を抑えて更に続けた。

「で、そんなひどい状況なのに、こんな普通の宿屋でのんびりしていていいんですか？このままでは、神殿からの追手に追いつかれてしまうのでは」

「追手が出ているなら、もうとっくに追いつかれている」

アドラスさんは、あっけらかんとそう言ってのけた。

「こちらは馬二頭、人間三人で移動しているのだからな。機動力が違う。本当に神殿が追手を放っているなら、追いつかないわけがない。それなのに、この町にたどり着くまで何もなかったということは、彼らに何か不具合が生じたのか、奇跡的に逃亡が上手くいっているのか、もしくはそもそも追手が出されていないかのどれかだろう。どの場合にしても、ここで焦る必要はない」

「そうは言っても……」

「それに、明日《あした》以降のために馬には十分な餌と水を与えてやる必要がある。追加の荷も用意しなければならないし、何にしても森で野宿などできないだろう」

「それは分かっています。僕は、アドラス様が逃亡中とは思えないほどのんびり堂々としすぎだって言っているんです」

「『余裕は騎士の鎧《よろい》なり』と言うだろう。そんなにカリカリしていると、胆《きも》も体もチビのまま成長できないぞ」

「ああもう！」

ぽんぽんと交わされる言葉の応酬に、私は口を挟む暇もない。

騎士と従士というわりには、彼らは砕けた関係にあるようだ。二人の会話は口喧嘩《くちげんか》のようにも聞こえるけれど、不思議と険悪さは感じられない。

――かつて私も、ジオーラ先生とこんな風に話をしたっけ。

「聖女殿の服も調達しなければな。その格好では心許《こころもと》ないだろう」

アドラスさんがこちらを向いて、小さく苦笑する。私も、ローブの襟元を正しながらうなずいた。

「ええ、できれば。今のままだと、ローブを脱ぐこともできませんし……」

私は少々目立つ容姿をしている。

灰色がかった金髪は暗闇の中でも浮き立つし、滅多に陽を浴びない肌は屍人《しびと》のようだとよく言われる。おまけに、ローブの下には未《いま》だに神官服を着たままだから、少しでも私のことを知る人に出会ったら、すぐに正体がばれてしまうだろう。

「名前も適当にお呼び下さい。神官服を着ている上に聖女殿なんて呼ばれてしまったら、自己紹介をしているのも同然ですし」

「分かった。ではヴィーと呼ぼう。よろしく、ヴィー」

躊躇《ちゅうちょ》なく私の名前が縮められる。アドラスさんはこうしたことで、一切悩まない人のようだ。

「ヴィー」

確認のため、自分でもつぶやいてみる。うん、悪くない。

ヴィクトリアという名前は、私には仰々しすぎる。先生からも「お前は名前負けしているね」とよくからかわれていたものだ。ヴィーという響きの方が、自分にすっと馴染《なじ》むような気がした。

「はい、お待たせ！」

そこで宿屋の女将《おかみ》が、威勢良く声をかけてきた。

テーブルに大皿がでんと置かれる。そうして並べられたのは、骨つき肉の炭火焼きに、

焼きたての田舎パンと、野菜のスープ、そしてふわりと泡を乗せたビール。三
次々と供される食事を前にすると、とたんに私たちの意識はそちらへと集中した。三人とも、半日以上水しか口にしていないのだ。

「よし、食事をしながら話そう」

アドラスさんの提案にリコくんはうなずくと、皿に食事を取り分けてくれた。てりてりと艶《つや》を纏《まと》う肉が、目の前に置かれる。骨つき肉なんて初めてで、どう食べたらいいものやら。

こっそり前を盗み見ると、アドラスさんは肉を手に取り豪快に齧《かじ》りついていた。ただし貪《むさぼ》るような真似はせず、食べる姿には不思議と品がある。確かにこの人からは、高貴な環境で育ったゆえの余裕のようなものが感じられた。

──なんて考えながら、私も彼を真似て骨の両端をつまみ、思い切って肉に齧りついてみる。

意外にも、肉はほろりと骨から外れた。溢《あふ》れる肉汁をこぼさぬように気をつけながら、慎重に肉を噛《か》みしめる。タレは甘めの味付けで、はちみつと香草の風味がする。そこに炭火の香ばしさと肉の旨味《うまみ》が絡まって、罪深い味わいが口の中に広がった。

「俺がグレイン子爵領の人間であることは、もう話したな」

指先についた肉汁をこっそり舐《な》めていたところで、向かいに腰掛けていたアドラスさんに話しかけられた。彼はすでに皿を空にしていて、それどころか近くを通りかかった

女将に追加のビールまで頼んでいる。

慌てて口の端を拭《ぬぐ》いつつ、私はうなずいた。

「アドラスさんのお母様が、グレイン家のご令嬢だったんですよね」

「ああ。令嬢と言っても、一度は勘当同然の扱いを受けているのだが」

貴族女性が勘当されるとは、不穏当な話である。アドラスさんは、自分のことを私生児だと言っていたけれど、それが勘当と関係があるのだろうか。

「母は十代の頃、行儀見習いとして王宮に仕えていたそうだ。だがある時、城下で旅商人と恋に落ち、俺を身籠《みごも》ってしまったらしい。それでもしばらくは王宮勤めを続けていたが、とうとう妊娠を隠せなくなり、恋人――俺の父と、手に手を取って駆け落ちしたのだと聞いている。そのため一族の怒りを買い、縁を切られたわけだ」

「……なるほど」

「すまない。聖職者相手に語るには、少々不純な話だな」

「いえ、そんなことはありません」

神殿が運営する施療院にも、未婚の妊婦が駆け込んでくることはたびたびあった。望まぬ婚姻から逃れるため、聖職を選んだ神官もいる。

伴侶《はんりょ》を持つことが許されない私には、恋愛というものがいまいち理解できないけれど。

それでも、人の恋心や決断を〝不純〟と断じる気にはなれなかった。

「父と母は、俺を抱えて様々な土地を転々としていたらしい。だが、その途中で父が病で死んでどうしようもなくなり、駆け落ちから数年後、母は実の兄である伯父《おじ》を頼ってグレイン領に戻ることにした。……伯父はやや癖があるが、人の良い御仁でな。家名に傷をつけた母を受け入れ、俺たち母子《おやこ》が不自由なく暮らせるだけの環境を用意してくれた。伯父がいなければ、今頃俺と母は野垂れ死にしていたことだろう」

アドラスさんは一息つき、ビールを口に含んで遠い目をした。

「その母も、一ヶ月ほど前に突然亡くなった。母からは、『遺品は全て処分してほしい』と頼まれていたのだが……俺もそこまで深く母の言葉を考えていなくてな。蔵書だけは貴重なものだからと伯父に譲ったら、その中から母宛《あて》の妙な手紙が見つかってしまったんだ」

「手紙？　もしかして、それが懲罰房でおっしゃっていたものですか」

「そうだ」

私の問いに、アドラスさんは大きく首肯する。

「手紙は母が王宮に勤めていた時代に仕えていた皇帝妃の一人、クレマ妃からのものだった。はっきりと明言はされていないが、中には俺が皇帝とクレマ妃の間に生まれた子であることを示唆するような記述が数カ所あった」

なんと。簡単な概要を聞いていて、私はてっきり『アドラスさんのお母様が身籠っていたのは、実は皇帝の子供だったのでは』という話に繋《つな》がるのだと思っていたけれど。

そうではなく、彼には正真正銘、やんごとなき身分の人間である可能性があるという。

「ということは、過去に姿を消した皇子がいるということですか。そんな事件が起きたら、大騒ぎになると思うのですけれど」

「そうだな。だがならなかった。その皇子――エミリオは二十年前、生後五日でこの世を去っているんだ。葬儀はしっかり執り行われて、墓も造られている」

「え……」

「ちなみに亡くなったのは、母が駆け落ちする一週間ほど前のことだったようだ」

押し寄せる情報を、頭の中で整理する。アドラスさんのお母様は、仕える主人の息子が亡くなったあとに恋人と駆け落ちし、アドラスさんを出産したと思われていた。しかし実際には、駆け落ちの際、エミリオ皇子を城から連れ出していて、以降皇子を我が子アドラスとして育んできた、ということになるのだろうか。

「それだと、話の時系列がおかしくなりますよね」

「ああ。母が駆け落ちをした時点で、エミリオ皇子は既に死んでいたのだからな。だからクレマ妃の手紙をまるきり信じるならば、『エミリオ皇子は実は生きていたが、何者かの手によってその死を偽装された。また葬儀が行われたあと、駆け落ちを装って、母が本物のエミリオ皇子を連れ出した』ということになる」

「母親であるクレマ妃を差し置いて、行儀見習いが皇子の死を偽装するなんてできないでしょうし……。その話が本当なら、お母様とクレマ妃は結託してエミリオ皇子を城の外に連れ出した、ということになるのでしょうか」

「よく分からん。手紙には、その辺りの事情について詳しく触れられていなかった」

「そこまで話がはっきりしていないということは、クレマ妃はもう……？」

「ああ、十八年前に亡くなっている。送られてきた手紙は、クレマ妃が死の間際に書いたものだそうだ」

なんて厄介な。つまり当事者たちは、すべてこの世にいないということではないか。

「手紙の筆跡は確認したのですか」

「一応、な。伯父が雇った鑑定人は『クレマ妃の書いた物で間違いない』と話していた。その結果が、どこまで信用できるものなのかは分からんが」

「領主様は周囲の人に唆されて、アドラス様を皇子にしようとしているんです」

リコくんは付け合わせの豆をフォークで刺しながら、ぷうっと頬を膨らませた。

「グレイン領の人たちも、急にアドラス様のことを持ち上げるようになりました。これまで、アドラス様やマルディナ様……アドラス様のお母様のことを、陰で馬鹿にしてきたくせに」

その言葉に、アドラスさんは小さく苦笑するのみだった。彼にも、遠慮する相手というものはいるらしい。

「でも、アドラスさんご自身はその話を全く信じていないのですよね？」

「当たり前だ。クレマ妃の肖像を見せられたが、俺とは似ても似つかぬ色白の美人だったぞ。それに、俺がエミリオなんて繊細な名前の人間に見えるか？」

強引な主張を大真面目な顔で言って、アドラスさんは腕を組む。

「とにかく、俺は自分が皇子であるとは思っていないし、これを機に成り上がってやろうという野心もない。むしろ、こんな疑惑はさっさと払拭《ふっしょく》したいと考えている。――そこで、ヴィーの出番だ。君なら、死者の姿と声を捉《とら》えることができるのだろう。ぜひその力で、母かクレマ妃から『アドラスは皇子ではない』という言葉を聞き出してほしい」

なるほど。それでアドラスさんは、私を訪ねてはるばる神殿までやって来たということか。

確かに、既に亡くなった当事者たちから直接話を聞き出すことができるなら、それが一番手っ取り早いし楽な方法でもあるだろう。しかし……

「その作戦には、いくつか問題がありまして」

「問題？」

「確かに私は、死者の姿を視ることができます。ですが、それはこの現世に留《とど》まっている霊に限った話で、その場にいない霊については、姿を視ることも声を聞くこともできないのです。それに、なんの未練もなく命を落とした方の霊魂はこの世に残りにくい。ですから、お二方の霊ともお会いできるかどうか」

「降霊術とか、そういう方法は」

「それ、禁忌魔術です」

精霊を召喚し従える精霊魔術は広く用いられているけれど、人の霊魂を召喚・使役する行為は悪とされ、研究を固く禁じられている。死者を弄《もてあそ》ぶことなかれ、ということだ。

一度禁忌に手を出せば、その後は異端狩りから追われる日々が続くことになる。ただでさえ神殿から逃亡している今、これ以上追手を増やす行為は控えておきたい。

「それに、よしんばお母様やクレマ妃の霊にお会いすることができたとしても、目的の言葉を聞き出せる保証もありません。肉体という外殻を失った魂はひどく不安定で、まともに会話もできないことがほとんどですから」

懲罰房で出会った、あの霊のように。

私がそこまで言うと、アドラスさんとリコくんはお互い顔を見合わせて、もう一度私を見た。彼らのきょとんとした表情に、少しだけ心が痛む。

「私にできることと言えば、そこらを漂う霊や精霊、魔力現象を視ることと、彼らの独り言を盗み聞きすることくらいで。運良くお母様かクレマ妃が霊になっていて、運良く私たちの前に現れて、運良く会話可能なほどに安定していらっしゃれば、お役に立てるかもしれませんが……」

「なんて限定的な」

リコくんが思わず言葉を漏らして、はっと気まずそうに口元を手で覆った。

彼の発言は至極当然なものだし、長年言われ続けてきたことなので、私は特に気にならない。

一方のアドラスさんは、やや当てが外れたような顔をするものの、特に落胆することもなく頬を掻《か》いた。

「そうか。霊に喋《しゃべ》らせる作戦なら絶対に上手《うま》く行くと思ったが、意外と制約が多いのだな」

「ええ。こんな調子だから、聖女位も剝奪《はくだつ》されそうになったわけでして」

「だが、全てが都合よく進んで話を聞き出せる可能性はまだある。まあ、まずは試してみよう。悩むのはその後でもいい」

「……」

「どうかしたか」

「いいえ、なんでも」

首を振るが、内心では驚いていた。

神殿に忍び込み収監中の聖女を連れ出すなんて、かなりの覚悟がいるはずだ。それなのに、当てにしていた私の能力が期待外れで、この人はがっかりしたりしないのだろうか。

「まずはグレイン領へ向かおう。十八年前に亡くなったクレマ妃は望み薄だが、一ヶ月前に死んだ母ならまだ庭先あたりをうろついているかもしれん」

「その言い方は、ちょっとどうかと思います」

とリコくんが主人を諫《いさ》める。

「それに、もしマルディナ様がいらっしゃらなかったら、そのときはどうするつもりですか」

「帝都に行くしかないだろうな。あまり気乗りしないが」

「……行けますかね。そもそも、グレイン領は大丈夫なのでしょうか」

「問題ないだろう。さすがに俺が不在の状態で話を進めるなど不可能だろうし」

なにやら主従が深刻そうな面持ちで語り合う。彼らには、他にも色々と厄介な事情があるらしい。

深く訊《たず》ねてみてもいいものか少し迷っていると、女将《おかみ》が杯を手にして、再び私たちのテーブルに戻ってきた。

「はい、追加のビールだよ。一杯でいいんだよね？」

「ああ、ありがとう」

アドラスさんは杯を受け取り、さっそくビールに口をつけようとする。

私はなんとはなしに、その様を眺めて——黄金《こがね》色の液面から、紫の光が立ち上るのに気がついた。

「——！」

身を乗り出して、両手で彼の手首をがしりと摑《つか》む。突然のことに、アドラスさんはぎょっとして顔を上げた。

「ど、どうした？」

「アドラスさん、いけません」

顔を近づけ、囁《ささや》くように声を抑える。

「その杯、何か入っています」

「……」

私の言葉に眉《まゆ》を上げると、アドラスさんは慎重に鼻を杯へ近づけた。

「……どういうことだ。おかしなにおいはしないし、異物の混入もなさそうだが」

「液面に魔力の残滓《ざんし》が視えます。それ自体に魔術がかけられているか、もしくは魔力を含んだ錬成薬が混入しているのではないかと」

だとしたら、まだ近くに薬を盛った犯人がいる可能性が高い。ここでこちらが勘づいている素振りを見せるのは得策ではないだろう。

私はアドラスさんの隣に移動して、彼に話しかけるふりをしながらもう一度液面を凝視した。やはり、湯気がたつ程度の魔力がはっきりと視える。

「そんなものまで視えるのか」

「魔力ならなんでも視えるわけではありませんが、錬成薬のように、魔力を凝集させたものなら大体は目視可能です」

「錬成薬……ということは、毒、でしょうか」

リコくんは表情こそ動かさないものの、不安で声を震わせた。

——錬成薬。それは単なる調合薬とは異なり、魔術で錬成された薬物のことを言う。一般にはなかなか出回らないほど希少で扱いの難しい代物ではあるが、効果をもたらす臓器を限定したり、効能を倍増させたりすることができるなど、その可能性は多岐にわたる。

ただ、実際は苦しむ病人よりも陰謀を抱く人々に需要があるようで。闇市場では、味や香りを消した毒性のある錬成薬が高値で取引されていると、以前聞いたことがある。

「どんな効果のものかは分かりません。でも、わざわざこっそり入れている以上、体に良からぬ影響があることは間違いないと思います」

「ま、毒だろうな」

アドラスさんが面倒そうに両肩を竦《すく》める。その断定的な物言いに引っかかりを覚えつつ、私は食堂内をそれとなく見回した。

笑い合う酔っ払いたち。リュートを爪弾《つまび》く男。忙《せわ》しなく料理を運ぶ女将。一人で皿をつつく訳あり風の男性。全員まとめて、十人前後。

――この中に、毒を盛った犯人がいるのだろうか。

「分かるか」

短いアドラスさんの問いに、「自信はありませんが」と曖昧《あいまい》に答えて、私は立ち上がる。

「とりあえず、まずは検討してみましょう」

誰がアドラスさんのお酒に妙なものを入れたのか。動機も犯人像もさっぱりだけど、まずはお酒を運んできた本人に話を聞くべきだろう。

というわけで、空き皿を抱える女将を追って、私とアドラスさんは調理場へと移動した。リコくんには席に残って、店を出入りする客を監視してもらっている。

調理場と食堂を隔てる扉を勝手に通り抜けると、壁際にずらりと並ぶ樽《たる》や酒瓶の数々が目に入った。更に奥には竈《かまど》があるようだが、死角になっていて料理人の姿は見えない。

女将は竈のある方へ向かおうとしていたけれど、こちらの気配にすかさず気づいて、くるりと体を反転させた。

「ん？　なんだい、こっちは便所じゃないよ」

「いえ、ちょっとお訊《たず》ねしたいことがありまして」

「注文なら、席で聞くけど」

訝《いぶか》しげな表情を浮かべる女将に、アドラスさんの杯を突きつける。

「このお酒、味が変なんです。何か入れたりしませんでしたか？」

「はあ？　うちは酒に混ぜ物なんか使っていないよ。口に合わないからって、言いがかりはよしてくれ」

「言いがかりではありません。さっきも同じお酒を頼みましたが、味がまるで違って」

「そんなわけあるかい。酒は全部、同じ樽から注いでいるんだ。味が変わるなんてことはないよ」

女将はむっとしながら、調理場の入り口脇を顎《あご》でくい、と示した。そこには、複数のビア樽が並んでいる。

「お酒はあそこから、ですか。私たちに出されたのはどの樽ですか？」

「それだよ」

女将は右端の樽を指差す。

確かに彼女が指し示す樽は、すでに金属のタップがつけられ開封済みとなっていた。他の樽は未開封のままである。

「どうだい、納得したかい」

「……そうですね。ちなみにお酒は、女将さんが注いでいるのですか」

「そうだよ。見ての通り人手が少ないからね」

「ではお酒を注いだあと、杯をどこかに置いて目を離したりはしませんでしたか」

「そんなことしている暇があるように見えるかい。今日はいつになく混んで、ずっと働きっぱなしなんだけど」

女将の語気がだんだんと荒くなってくる。大忙しのところに、面倒な客から難癖をつけられたと思っていらついているのだろう。これ以上引き止めるのは難しそうだ。

「どうやら、味が違うというのはこちらの勘違いだったようです。失礼しました」

頭を下げると、女将は不機嫌そうに鼻を鳴らして調理場奥へ再び向かう。彼女の背を見送りながら、アドラスさんは「ふむ」と小首をかしげた。

「あの女将が毒を入れた犯人ではないのか？」

「あまりその可能性は考えていません。彼女が犯人なら、一杯目の酒に毒を仕込んだはずです。アドラスさんが二杯目を頼むかどうかも分からなかったわけですから」

「それもそうか。……だがそれだと、別の誰かが彼女に気づかれない素早さで、杯の中に毒を仕込んでいたということになる。そんなこと、可能なのか？」

「それは何とも言えませんが……難しそうに思えますね。様子を見る限り、女将さんはビールを注いだら、そのまま直接お客さんに運ぶようにしているようですし」

　杯に予め毒を仕込んでおいたなら、女将に気づかれず毒入りビールを用意することは可能だけど、外部の人間がそんな方法を取れるとは思えない。

　となると、やはりアドラスさんの杯に毒を直接入れたことになるのだろうか？

「ん？」

　ふと気になって、私は開封済みのビア樽の側面を覗《のぞ》いた。そこには、木板の継ぎ目に刃物を突き立てて、無理やり隙間を作ったような痕跡《こんせき》が。

　……まさか。

　ビア樽に差し込まれたタップのつまみを手前に引く。すると蛇口から勢いよくビールが溢《あふ》れ出て、泡立つ水溜《みずたま》りが床に広がった。這《は》いつくばって液面を間近で観察すると、先刻と同じ紫光をしっかりと見て取れる。

「ど、どうしたヴィー」

「このビア樽にも魔力が混入しています。アドラスさんの杯に入っていたもので、間違いないかと」

「な……。それにも、魔力の残滓とやらが視えるのか」

「はい」

うなずきながら、液体のにおいを嗅《か》ぐ。次に床のビールを指で掬《すく》い、慎重に舐《な》め取った。明らかな毒の味はしない。

「おいおい、何をやっている！」

床から引き剝《は》がすように、体をひょいと持ち上げられた。振り返れば、引き攣《つ》ったアドラスさんの顔がある。

「大丈夫ですよ。たとえ毒だったとしても、指についた程度の量じゃ口に含んでも体に影響はありません」

「だとしても、床に零《こぼ》したものを口にするんじゃない」

それもそうか。思いのほか常識的な反応を示されて、少し恥ずかしくなってくる。話題を変えようと、私はビア樽に手を添えた。

「それより、どうやら犯人はこの樽の中に直接毒を入れたようですね」

私たちが食堂に入り、食事の注文をした時にはまだ他に客はいなかった。おそらく犯人はそのあとに客としてこの店に入り、アドラスさんがビールを追加注文したのを聞いて、このビア樽に毒を直接仕込んだのだ。ここなら奥から死角になっているし、女将《おかみ》の目を盗むこともそう難しくはないだろう。

ただ、あまりに雑過ぎて、とても計画的な犯行とは思えない。女将にも他の客にも気づかれる危険性が非常に高い方法だ。おまけに——

「アドラスさん。犯人は客の中にいたのだと思います。もう現場を去っているかもしれませんが、ビア樽に毒が仕込まれていた以上、他の客にも毒入りビールが渡ってしまった可能性があります」

私の言葉を聞いて、アドラスさんの表情が硬くなる。

「それはまずいな。急がないと」

「ちょっと、あんたたち！　まだいたのかい！」

食堂に戻ろうとしたところで、料理が載った皿を新たに抱えた女将が、再び姿を現した。彼女は眉《まゆ》を吊《つ》り上げ歩み寄ろうとしてくるが、それを腕で押しとどめる。

「ちょうど良かった。女将さんは厨房《ちゅうぼう》の奥にいてください」

「は？」

女将は目を丸くするが、詳しく説明している暇もない。

彼女をその場に残して、既に調理場から出ようとしているアドラスさんのあとに続く。

しかし唐突にアドラスさんが立ち止まったせいで、彼の背中に額がごつんとぶつかった。

「いたた。アドラスさん……？」

足を止めた彼の背後から、前方の様子をそっと窺う。

そこには、武器を構えてこちらを睨《にら》む、客たちの姿があった。

「え――」

「様子がおかしいとは思っていたが、やはり気づいていやがったようだな」

先ほどまで赤ら顔で酒を呷《あお》っていたはずの男が、大きく舌打ちをする。

「クソッ、やっぱり慣れない真似はするものじゃねえ」

「問題ないさ。毒だろうと刺殺だろうと、死体にすればいっしょだ。金はもらえる」

そう言うのは、一人で黙々と食事をしていた男だ。その隣で短剣をこれ見よがしに引き抜く男も、出口を封じる男も、全てが食堂にいた客たちである。

「……これは想定していませんでした」

ビールの樽《たる》自体に毒を仕込むなんて、他の客を巻き込みかねない危険な方法だと思ったものだけど。

今なら納得できる。はじめから客全員がグルならば、他の誰かが間違って毒を口にする心配などないではないか。

毒の仕込みだって簡単だったことだろう。誰かが女将を呼び止めているあいだに、違うテーブルの誰かが樽に細工をすればいいのだから。

毒という隠匿性の高い手段を用いている時点で、犯人は単独犯か、もしくは二、三人程度であると勝手に思い込んでしまっていた。まさか、こんなに大勢いたなんて。

『また思い込みで視野が狭くなったね』かつて幾度となく浴びせられた言葉が、頭に響く。『あーあ、お前の目は節穴決定だ』

「アドラス様」

リコくんが上目遣いにアドラスさんの名を呼ぶ。彼は大柄な男に襟元を摑《つか》まれ、ぶらりと宙吊《ちゅうづ》りにされていた。

その小さな顔に、無骨な刃《やいば》が突きつけられる。

「おい。ガキを殺されたくなければ、とっとと得物を床に置きな」

「……」

「早く！」

ぐ、と剣の切っ先がリコくんの喉元《のどもと》に食い込みそうになる。

思わず前に進み出そうになったのを、アドラスさんに片腕で制された。

「ヴィー、君は調理場に下がっていろ」

でも、と言いたくなるのを飲み込んで、踏み出しかけた足を戻す。私がここでしゃり出たところで、リコくんを救えるとは思えない。

……それにしても、一体この状況は何なのだろう。

客に扮《ふん》したあの男たちが、アドラスさんの命を狙っていることだけは確かだ。しかし男たちの佇《たたず》まいは、いずれもならず者然としていて、携えているのも長剣など近接武器ばかり。お世辞にも、錬成薬のような高価な代物を扱う人々には見えない。

それに錬成薬を用いた方法も稚拙だし、失敗の気配を感じ取ったとたん、荒々しい手段に切り替えるなんて慎重さにも欠けている。彼らは一体、何が目的なのか。

「お前たち、あまり手馴《てな》れていないようだが何者だ？　俺の殺しでも依頼されたのか」

男たちはアドラスさんの問いに、へらへらと嘲《あざけ》るような笑みを浮かべた。その中で赤ら顔の男が、大きくうなずく。

「そんなところだ。金払いのいい旦那《だんな》に、『アドラスという男に薬を盛ってくれ』って声をかけられたんだよ。――ああ、勘違いするなよ？　俺たちは毒なんざ使わなくても、一人殺《や》るくらい問題ねえと言ったんだぜ？　だが依頼人の方が、まず毒を使えと言って聞かなくてよ。お前、何をやらかしたんだ？」

「前金はいくらだ」

「はあ？」

アドラスさんの唐突な問いに、男たちは顔を見合わせた。そんな彼らに、アドラスさんは淡々と語り出す。

「実はこれまでにも、何度か襲撃を受けているんだ。それなのにいくらやっても俺が死なないものだから、お前たちの依頼人は毒を持ち出したのだろう。ちなみに前回の連中は、一人あたり銀貨十枚だと言っていた。お前たちは、いくらで雇われたんだと聞いている」

「……」

男たちは沈黙した。少しの困惑が、薄汚れた顔に浮かんでいる。その様子にアドラスさんはニヤリと笑った。

「さてはお前ら買い叩かれたな？　無駄に大所帯だからな。せいぜい一人銀貨二枚といったところか」

「てめえ……」

「その程度では治療費にもならないだろう。見逃してやるから、よその店で飲み直してこい」

十人もの武装した人々を前に、アドラスさんの口ぶりはどこまでも豪毅《ごうき》だった。

これには私を含めた全員が唖然《あぜん》として、言葉を失う。

「……状況が分かっていねえようだな。俺たちはガキの生死なんざどうでもいいんだぜ」

と言いながら、赤ら顔は私に視線を流す。

「このあとツレの姉ちゃんに優しくしてやれるかどうかも、お前の態度次第だろうな」

「分かった、そう殺気立つな」

アドラスさんは軽く答えて、腰元の剣帯を外した。剣を鞘《さや》に収めたまま、男たちに見せつけるように片手で掲げる。そして――

「リコ、同時だぞ」

そう言って、剣を床に放り投げた。剣は緩い線を描いて落下し、木造りの床とぶつかり合って鈍い音を鳴らす。

――それが、合図だった。

まずアドラスさんが、手近なテーブルを躊躇《ちゅうちょ》なく蹴《け》り上げた。

突然宙を舞ったテーブルと真正面から衝突し、木片を撒《ま》き散らしながら二人の男が同時に倒れる。

その一方では、続けて降り注ぐは骨つき肉の雨。リコくんが小さな体を器用にひねり、自身を掴む大男の急所に、かかとを容赦なくめり込ませた。

「ぐうっ！」

あっさりとリコくんを手放して、大男はうずくまろうとする。哀れなことに、その隙だらけな体はアドラスさんに荒々しく掴《つか》まれ、力任せに放り投げられた。

テーブルに次いで大男も宙を舞い、幾人かの仲間を巻き込みながら、食堂の床にどさりと落下する。食器と家具がひっくり返ってかき鳴らす噪音《そうおん》が、夜の宿屋にけたたましく響き渡った。

そうして息をつく間もないうちに、襲撃者たちは半分にまで数を減らしていた。残った男たちは、仲間たちの惨状をぽかんと眺めて立ち尽くしている。

数人がやっと事態を飲み込んで、アドラスさんに斬《き》りかかろうとするが、次の瞬間には蹴られ殴られ投げ飛ばされていた。破れかぶれに刃を振り下ろした男も、ひょいと躱《かわ》され、代わりに重い拳《こぶし》を顎《あご》に食らう。

首領格と思《おぼ》しき赤ら顔の男は、はじめこそやる気たっぷりに抜き身の剣を構えていたものの、床の上に次々と折り重なっていく仲間たちを見て、考えを改めたらしい。とうとう自分が最後の一人となると、踊るように身を翻し、出口へと駆け出した。

「リコ！」

アドラスさんが呼びかけると、壁際に退避していたリコくんが、素早く左手を振りかぶる。

彼の指先からはぎらりと光る刃が放たれ、逃げ出した男の尻《しり》に深々と刺さった。

「ぎゃ！」

短い悲鳴をあげて、男は前のめりによろめく。

そこをすかさずアドラスさんが押さえつけ、拳を打ち込んだ。次いでぽいっと投げれば、再び派手な物音を立てながら、赤ら顔も仲間たちの上に積み重なる。

こうしてアドラスさんは、まるで荷を片付けるような手軽さで、剣も抜かずに刃物を持った男たちを制圧してしまったのだった。

「リコ、なんだこれは」

赤ら顔の男の尻から、アドラスさんが刃物を抜き取る。よく見れば、刃物の正体はただの食事用ナイフだった。この宿のものではなく、手持ちの什器《じゅうき》のようだ。

「食事に使うものを男の尻に投げるなよ。飯を食う度嫌な思いをするだろうが」

「僕だって嫌ですよ。でも、投擲《とうてき》用のナイフを切らしちゃったんです。補充するお金もありませんしね」

そんなやり取りをする彼らの様子は、食事のときと大差ない。まるでこの波乱は想定内だったかのように、涼しい顔で軽口を叩《たた》き合っている。

一人訳も分からず圧倒されて、散らかり尽くした食堂を眺めていると、アドラスさんは思い出したように私の方を振り返った。

「ヴィー、怪我はないか」

「え、ええ。お陰様で」

「騒がしくして悪かったな。驚いただろう」

それはもう、びっくりである。

声に出さず何度も首肯すると、アドラスさんはやれやれと言いたげに肩を竦《すく》めて、広がる惨状を見渡した。

「これが、俺が皇子であることを否定したいもう一つの理由だ」


あんな騒動のあとだったけれど、「いまさら焦っても仕方ないだろう」というアドラスさんの意見により、私たちはそのまま宿に一泊することになった。女将《おかみ》にはだいぶ渋られたものの、食堂の片付けを手伝うことでなんとか宿泊続行を許してもらえた。

お金がないので、部屋は三人で一つ。

唯一の寝台は私に宛てがわれ、衝立《ついたて》で仕切られた先の床で、アドラスさんとリコくんが寝袋を広げて休んでいる。彼らは何も言わないが、交代で扉前を見張ってくれているのは、物音で察することができた。

……一人柔らかな布団で横になるのは心苦しいけれど、彼らの足を引っ張らないためにも、今はしっかり休息をとるべきだろう。

ぎゅっと目を閉じると、騒動後の会話が思い出される。

「俺がエミリオだと、色々と不都合のある人物がいるようでな」

床に転がる襲撃者たちを宿の外に放り出したあと、散らばるテーブルと椅子を運びながら、アドラスさんはそう切り出した。

「グレイン領を抜け出したとたんに、ああしたお命頂戴《ちょうだい》という連中がひっきりなしに襲いかかってくるようになった。襲撃者たちはどいつも現地のごろつきで、みな口を揃えて『見知らぬ男に前金を握らされ、お前を殺せば報酬をやると言われた』と言っていた」

「人を使った暗殺、ということですか。依頼者に心当たりは？」

「ありすぎてよく分からん。突然現れた皇子候補を殺したい人間など、掃いて捨てるほどいるだろう」

「ですが現皇帝陛下には、何人もお子さんがいらっしゃいますよね。アドラスさんが一人増えたところで、大きな問題にならないのでは？」

「エミリオは、十番目に生まれた皇帝の子供なんだ」

その返答にしっくりこなくて首をかしげると、アドラスさんが補足してくれる。

「帝国皇室には、『帝位継承権保持者は十人まで』という古い鉄則があるんだ。それに準じて現在、各継承権は生まれた順に、十人の皇子皇女に付与されている。そこに、『我こそは十人目の皇子なり』と名乗りをあげる人間が現れたらどうなる？」

「なるほど。それは大波乱ですね」

それでは、継承選における勢力図が一気に崩壊する恐れがある。アドラスさんを排除したいと考える人間が現れてもおかしくはない。

「おまけに現在皇帝陛下は体調が芳しくないそうで、政務を臣下に任せて療養しているらしい。関係者には、俺が皇帝不調の隙に継承者の中に紛れ込もうとする野心家に見えることだろうな」

想像を遥《はる》かに上回る深刻な事態に、箒《ほうき》を持つ手が止まった。するとすかさず調理場から女将の咳払《せきばら》いが聞こえてきて、慌てて片づけを再開する。

「現十番目の方は気が気でないでしょうね。アドラスさんが十人目だと認められてしまったら、自分は次期皇帝候補の枠から弾《はじ》かれてしまうのですから」

「そうだな。この度重なる襲撃も、十番目の派閥の人間が仕組んでいるのかもしれない」

「それなのに、どうして彼らを逃したんです」

換気のため開け放たれた扉に目を向ける。

先ほどの襲撃者たちは、全員逃してしまった。彼らが有益な情報を持っているとは考え難いけど、仕事を持ちかけたという人物の特徴くらいは聞き出せたかもしれないのに。

「……現十番目はフェルナンド皇子という。祖父がアルノーズ侯爵という大物で、継承権保持者の中では一番若いが、次代皇帝の有力候補らしい。そんな方々を表立って敵に回しても後が大変だろう？　俺は別に、犯人探しをしたいわけではない。生きていられるなら、それでいいさ」

そう答えるアドラスさんは、苦笑を浮かべているのだった。

「……」

回想を終えて、ベッドの中で寝返りを打つ。

アドラスさんを取り巻く状況は、想像の何倍も複雑だった。彼が平穏を取り戻すためには、命を狙ってくる人間たちから身を守りつつ、自分は皇族の人間ではないと証明する必要があるという。そんなことは可能なのだろうか。そもそも、アドラスさんは本当にエミリオ皇子ではないのだろうか。

疑問は溢《あふ》れかえるけど、しばらくして私は思考を途絶することにした。

無意味な思考は時間の無駄だ。それならさっさと眠ってしまえ。

……先生の、教えである。

第三話

宿場町を出てから数日。アドラスさんの命を狙う人間たち（と、一応神殿）の追跡を撒《ま》くため、私たちは人通りの多い街道から外れ、山道、獣道、道無き道をひたすら突き進んだ。

それでも一度、傭兵《ようへい》崩れの一団からの襲撃を受けた。アドラスさんが返り討ちにしたのち縛り上げたところ、「見知らぬ男に頼まれた。前金は三十万だった」と彼らは白状した。それを聞いて「そこそこ値上がりしたな」と満足そうにうなずくと、アドラスさんは襲撃者をあっさり解放してしまうのだった。

「なぜこれほど襲撃に失敗しておきながら、敵は手段を変えないのでしょう」

山道を転げるように逃げていく襲撃者たちの背中を見送りながら、そんな疑問が私の口をついた。

「敵は本当にアドラスさんを殺害する気があるのでしょうか。前回だって、錬成薬なんて高価な物を持ち出しておきながら、使った人員はならず者同然の人たちでした。こんなことを繰り返すくらいなら、熟練者を雇えばいいものを」

「そうなると、俺が困るのだがな」

アドラスさんは冗談めかして笑うと、襲撃者たちが消えた先へと視線を送った。

「もしかすると、襲撃を手配している人間は、これ以外の手段が取れないのかもしれん。あるいは、自分が手酷《てひど》い失敗をしているという自覚がないのか」

「そんなこと、ありますかね？」と言って首をかしげるのはリコくんだ。

「これだけやってもアドラス様が死なないとなったら、普通はやり方を変えようとするのでは」

「指示が下されても、報告が上がっていないという可能性もある。上からの声は遍《あまね》く大地に響いても、下々の声はなかなか天上に届かないものだからな」

そう答えるアドラスさんの言葉には、皮肉な響きがこもっていた。

——一応、それが最後の襲撃だった。その翌日には、私たちはグレイン領領主が治める町の市壁を目の当たりにするのだった。

町に近づくにつれ、道は賑《にぎ》わいを増していく。町の入り口である正門が見えてきた頃には、荷車と人で往来は混み合い、足を止めねばならないほどになった。

「すごい人ですね。グレイン領がこんなに流通の盛んな地域だとは知りませんでした」

「いや。普段はもっとのどかなんだがな」

アドラスさんは、人混みを前に渋面を作る。リコくんも難しい顔で、主人を見上げた。

「アドラス様、一度離れますか」

「いや、このまま行こう。……伯父上《おじ》め、まだ諦《あきら》めていないのだろうか」

なにやら穏やかならざる空気が、二人の間に漂った。どういうことかと訊《たず》ねようとしたところで、男性の声が路上に響き渡った。

「正門では通行証の確認を行う！　荷もその際に検《あらた》めるので、みな用意しておくように！」

声のする方を見れば、人混みの脇で兵が人々に呼びかけていた。それを聞いて、周囲の人々は証書の在り処《か》を確認するように、懐を弄《まさぐ》り始める。

「いまさらですけど、私、身分証も通行証もありませんよ」

あるのはこの身一つである。あとは一切合切、神殿に置いて来てしまった。

「通行については大丈夫だ。俺の連れだと言えばどうにでもなる。そもそも、普段は正門など日中開きっぱなしで、ろくな検問もしていないのだが……」

相変わらず渋い顔のまま、アドラスさんは私の顔をじっと見た。

「君が聖女――いや、神殿の人間だということは、隠しておいた方がいいかもしれん。適当にごまかそう」

「それは構いませんが」

聖女の称号なんて、剝《は》がれかけの看板も同然だ。別に名乗りたいとも思っていない。

しかし、私の能力は〝神殿の保証〟があるからこそ成り立つもの。私がただの一般人であったら、部屋の隅を指差して「あそこに女の霊が視えます」と言っても、人々からは痛々しい女として処理されるだけだ。

一応は亡くなったお母様の霊を確認するという名目でこの地まで来たというのに、それでいいのだろうか。

疑問を抱えたまま、ゆるゆると列を進む。そしてとうとう、検問の順番が回って来た。

「旅行者か。身分証の提示を……ん？　おい、アドラスとリコじゃねえか」

兵の一人が、アドラスさんの顔を覗《のぞ》き込んで目を丸くした。

彼の驚きの声に、周囲の兵たちが「どうかしたか」と振り返る。それに慌てて「なんでもない」と返しながら、彼は大きく首を振った。

「フリード、久しぶりだな」

とアドラスさんは気安そうに声をかける。

それに兵士はむすっとした表情を作り、声を抑えて苦言をもらした。

「久しぶりだな、じゃねえよ。お前、どうして戻ってきた？」

「色々あってな。ところで、妙に領内へ入る人間が多いようだが、もしかして伯父上はまだ……？」

「その通りだ。お前が消えたあとも、領主様は諦めちゃいなかったぜ。今も領主様の声かけに応じた東部貴族が、屋敷に集まっているって話だ」

「それは泣きたくなってくる情報だな」

「困った話だよ。噂を聞きつけた傭兵崩れやならずものまで仕事欲しさに流れ込んできて、領内はピリピリしてら。……本当にいいのか？　今ならまだ引き返せるぞ」

「仕方ない。俺が消えても事態は好転しないようだからな」

「そう言うなら止めはしないけどよ」

会話の意味を理解できないけれど、どうやらアドラスさんの伯父——この地の領主グレイン卿《きょう》によって、町の中は妙なことになっているらしい。それも、好ましくない方向に。

彼らの会話に耳をそばだてていると、兵が私に気づいてアドラスさんを肘《ひじ》で小突いた。

「おいアドラス、誰だよこの別嬪《べっぴん》さんは。一体どこのお姫様だ？」

「彼女はヴィーだ。リコの腹違いの姉らしい」

「え」

いきなり妙な設定を振られて、ぎこちない声が出てしまう。これが、彼が言うところの〝適当なごまかし〟なのだろうか。私の隣では、リコくんが口を広げて絶句していた。

「腹違いの姉だぁ？」

「ああ。彼女とは、たまたま出先で再会してな。弟が暮らす町を見てみたいというので、連れてきたんだ」

無理のある台詞《せりふ》を臆面《おくめん》もなく言ってのけて、アドラスさんはこちらに目配せをする。

こうなっては首を振ることもできず、私も「弟がお世話になっております」と精一杯姉らしく頭を下げた。

私をじとりと眺めながら、フリードさんは顎《あご》を撫《な》でる。きっと私がリコくんの姉であるとは、露ほどにも思われていないのだろう。

だがやがて、彼は「仕方ねえな」と肩を竦《すく》める。

「そういうことにしてやるよ。じゃ、通りな。中は柄の悪いよそ者がうろうろしているからよ。ヴィーさんをちゃんと守ってやれよ」

こうして私たちは、フリードさんのお目こぼしに甘える形で市壁の正門をくぐり抜けたのだった。

目前に広がる町並みは、想像以上に活気があった。

正門を越えて町の中心へ目を向けると、高台の上に煉瓦色《れんがいろ》の大きな屋敷が見える。あれが領主の邸宅だろうか。凹凸のないのっぺりとした外観は飾り気がないけれど、堅牢《けんろう》な佇《たたず》まいをしている。

町の大通りは屋敷に向かって緩やかな勾配《こうばい》を呈しており、その両脇には商店や工房、飲食店などがぎっしりと連なっていた。往来には人と家畜が溢《あふ》れ、辺境とは思えぬ賑わいを見せている。

しかし漂う空気はどこかひりついていた。人々の横顔にも、あまり余裕がない。あちこちの建物からは鉄を打つ音が響き、煙突からはもくもくと煙がたっている。

物々しさを感じさせるこの独特な雰囲気には、覚えがあった。

「……なんだか、戦争前のにおいがする」

「鋭いな。その通りだ」

私の独り言に、アドラスさんが同意を重ねる。

驚いて顔を上げると、彼は珍しく険しい表情で、町の様子を食い入る様に見つめていた。

「俺のいぬ間に事態は悪化していたらしい。……これは、ひどい誤算だな」

「どういうことですか」

「歩きながら話そう」

そう言って、アドラスさんは土埃《つちぼこり》が舞う大通りを進み始めた。リコくんと私は彼の後に続く。

「このグレイン領を含めた帝国東部一帯が昔、ランドール公爵領と呼ばれていたのは知っているか」

「ええ、昔神殿学校で習いました。でも何十年も前に、当時のランドール公が実兄である皇帝相手に反乱を起こそうとして、領地を没収されてしまったんですよね」

「そうだ。その際ランドール公の一族とそれに加担した家々も取り潰《つぶ》しとなり、主人を失った広大な領地は各貴族に分配された。だがそれからというもの、東部への風当たりが強くなってしまってな。州総督の領政調査は他の地区と比べて格段に厳しいし、帝都議会における東部貴族の発言権も、ほとんど無きに等しくなった。

これで東部の人間同士が結束すれば、状況も少しはましになるのかもしれないが、何年も前の反乱を引き摺《ず》っていがみ合い、東部同士での対立が頻発しているのがこの土地の現状だ。とにかく、今の東部では領主同士が足並みを揃えることなどできないし、東部をまとめられるような器の持ち主も存在しない」

段々と話が読めてきて、私はアドラスさんの忌々《いまいま》しげな横顔を見つめる。彼はこちらの視線に応えるように、小さく肩を竦めた。

「そこにきて、俺がエミリオ皇子であるという疑惑が浮上した。すると伯父は俺になんの相談もなく、中央に反感を抱く東部の領主たちに、東部連合なる組織の結成を持ちかけた。『正統なる王位継承者の名の下に、集え東部の同胞《とも》たちよ』とな」

「あれはひどかったです。アドラス様に向かって、いきなり『私がお前を皇帝にしてやる』なんて言い出して」

横で私たちの会話を聞いていたリコくんが、苦々しそうに吐き出した。

「しかもアドラス様が乗り気でないことを知ると、『御身をお守りするため』なんて言って、領主邸に監禁したんですよ」

「監禁⁉」

思わずアドラスさんを凝視してしまう。この人を、監禁。そんなことが可能なのだろうか。

「領主様はアドラス様のことなんて本当はどうでもいいんだ。ただ、アドラス様が皇子になれば、自分が貴族界で成り上がれると思って――」

「リコ、そのくらいにしておけ」

不満を噴出させるリコくんを、アドラスさんが窘《たしな》める。彼の声は穏やかだったけれど、無視できない響きがあった。

リコくんは不満げに、口先を尖《とが》らせながら沈黙した。

「でも、監禁されてアドラスさんはどうされたんです」

「もちろん自力で脱出した」

アドラスさんはごく当たり前のように答えた。……私はもう、驚かない。

「だがその時には遅かった。俺が閉じ込められていたわずか一週間のあいだに、『出生を秘されていた悲劇の皇子』を旗頭にして、東部各地の領主たちはかつてないほどの規模で結束を固めていた。おまけに合同演習などと嘯《うそぶ》いて、各地域の武力を集める計画まで進んでいたらしい」

「そんな。それだと、アドラスさんが第二のランドール公になってしまうのでは」

なんの断りもなく貴族同士で団結するだけでも危ういのに、そこに武力まで集中させてしまったら、それはもう完全な脅威である。本国に逆賊と判断されてもおかしくはないではないか。

「そうだな。このまま帝都の連中が『アドラスはエミリオである』という話を受け入れなければ、本当に反乱が起きかねない空気があった。だから、俺はリコと共に帝国から離脱することにしたんだ。

東部連合と言っても、所詮《しょせん》はエミリオ皇子という幻想に取り憑《つ》かれ、一時的に結束した烏合《うごう》の衆に過ぎない。俺という象徴が消えれば、彼らも少しは冷静になって、馬鹿な考えは改めるだろうと考えたのだが」

アドラスさんは町の様子に目を向ける。目の前を走る馬車の荷台から、薪《まき》のように積まれた剣がちらりと覗《のぞ》いた。

「結果は、この通りだ」

「……アドラスさんは、騒動を防ぐためにご自身の出生を明らかにしようとしているのですね」

「ああ。中央が『アドラスは皇子ではない』と否定しても、また東部が『アドラスこそ皇子である』と証明しても、両者は互いの主張を認めないだろう。だが、どの国家にも属さぬアウレスタ神殿による判定ならば、誰も文句は言えないはずだ」

その考えは間違っていない。もともと神殿は、そうした国家や民族の間に生じた問題に中立な立場で対応するため、独立した組織体系と自治領を維持しているのだから。

――だが問題は、誰がその判定を下すかである。

「私で良かったのでしょうか」

疑問と共に足が止まってしまう。アドラスさんとリコくんが、不思議そうにこちらを振り返った。

「そこまで深刻な状況だと分かっていたら、神殿だって協力を惜しまなかったと思います。それなのに、大した能力もない私に――」

「では、神殿に改めて依頼をしたとして、彼らはどんなことができる？　事件の当事者は既におらず、俺の出生を明らかにするような決定的な証拠もないのだぞ」

そう返されては何も言えない。現在神殿に所属する人間の中に、過去視の能力を持つ人はいないし、親子の血縁関係を証明するような、都合のいい技も存在しない。

「一方、君は限定的な条件下ではあるが、霊を視ることができる。『真実を見抜く』という先見の聖女のお墨つきもある。むしろ、神殿の中ではこの件に最も適した人材だと思うけどな」

「そう、でしょうか」

「ま、実際に母の霊がいるかどうか分からないことには話も進まないだろう。伯父《おじ》の屋敷に着いたら、例のクレマ妃の手紙も見せよう。悩むのはそれからでいい」

明るく言って、アドラスさんは再び歩き出した。

なんだか上手《うま》く丸め込まれてしまったような気がするが、反論らしい反論も見つからなくて、私も慌てて後を追う。けれども、一度湧いた疑問は胸の内にこびりついたままだった。

アドラスさんは、本気で私が彼の問題を解決できると信じているのだろうか。

……私は、彼の役に立てるのだろうか。

ぽつぽつと会話を続けるうちに大通りを抜け、町の中心に位置する広場へとたどり着いた。広場を挟み、正面にどっしりと鎮座する建物は、先ほど遠目で確認した領主邸宅である。

この一帯は大通り以上に物々しい様子で、装備で身を固めた兵士や、武人らしき人々の姿があちこちで見られた。しかも身につけている紋章や装備がことごとく違う。彼らは、異なる領や組織に属する武人というわけだ。

「……東部連合」

私のつぶやきに、リコくんがうなずいた。

「そうみたいですね。……二週間前は、こんなじゃなかったのに。まるで町が占領されたみたいだ」

薄汚れた旅装束の三人組は、広場の中で明らかに異質だった。行き交う兵士たちは、領主邸宅へと足を進める私たちに胡乱《うろん》な眼差《まなざ》しを寄越してくる。

そしてとうとう、一つの影が私たちの前に立ちはだかった。

「おい、物乞《ものごい》いども。ここは領主グレイン卿《きょう》のお屋敷だぞ」

体格のいい男性だった。背丈はアドラスさんより高く、甲冑《かっちゅう》で覆われた体は岩のように分厚い。全身から醸し出される空気は威圧的で、灰色の瞳は侮りを露《あら》わにしてこちらを睥睨《へいげい》している。

そのねっとりとした視線に晒《さら》されると、なぜだか背中がぞぞ、と粟立《あわだ》った。

「見かけない顔だが、お前は何者だ？」

男の視線を遮るように、アドラスさんが私の前に進み出る。

怪しい一行に声をかけたはずが、逆に身元を問われて男は顔を顰《しか》めた。だがすぐに得意げな色を浮かべ、戦場で名乗りを上げるように朗々と語り始めるのだった。

「俺は騎士ボラードだ。この度は東部にてエミリオ皇子生存との報《しら》せを聞き、北のナサスより供を従えこの地に参った。あくまで一兵士としてご助力いたす所存だったが、グレイン卿より要請があり、東部連合の軍部顧問の任を仰せつかることになってな。……まあ、この場の責任者と考えてもらって良い」

得意顔で胸を張り、こちらの様子をうかがう他の兵士たちに視線を送る。どうやら今の名乗りは、周囲へのアピールでもあったらしい。

「軍部顧問だと。なんだそれは」

アドラスさんは呆《あき》れたように眉間《みけん》に皺《しわ》を寄せた。しかし堪《こら》えるように首を振って、話を進める。

「まあいい。伯父上――グレイン卿と面会したい。『アドラスが戻ってきた』と今すぐ伝えてくれ、責任者殿」

「アドラスだぁ？」

ボラードは無遠慮にアドラスさんを眺めると、「ふん」と鼻で笑う。

「エミリオ皇子殿下のことを言っているのか？　殿下なら現在、各地の有力者に結束を呼びかけるべく、東部を遊歴中だ。もう少しましな嘘をつくべきだったな」

「遊歴？　そういうことになっているのか」

「殿下の名前を騙《かた》れば残飯にありつけると思ったか？　とにかく、ここはお前のような汚らしいガキが来るところではない。さっさと消えろ」

ボラードは腫《は》れぼったい唇に薄笑いを浮かべて、アドラスさんの胸をどん、と押した。しかし彼の体はぐらりとも揺らがない。

予想外の手応えに、ボラードはわずかに眉《まゆ》を上げた。対するアドラスさんはボラードの無礼などまるで気にならないようで、きょろきょろと広場を見回した。

「だめだ、話にならないな。騒ぎを起こすのも面倒だ。領兵も見当たらないし、詰所の方に移動するか」

「アドラス様にしては、珍しく冷静な判断ですね」

「俺はいつも冷静だぞ」

アドラスさんはリコくんと軽口を交わしつつ、くるりと反転して来た道を戻ろうとする。私もそれに従い、彼らの背中を追いかけようとした。

「……おい、待て」

突然肩を摑《つか》まれ、後ろへと引き寄せられる。思わず体がよろめくと同時に、頭を覆うフードが肩に落ちた。

振り返れば、舐《な》め回すようなボラードの視線が私の顔へと向けられている。

「女は残れ。各地から有志の兵が集まったせいで、女手が足りんと聞いたからな。俺が屋敷の使用人頭に口を利いてやろう」

ねばつく視線を肌に感じる。不快が面に出ないよう気持ちを抑えつつ、私はボラードの手を振り払おうと試みた。

「いいえ、私はそのようなつもりでここに来たわけでは」

「なんなら、俺が雇ってやってもいい」

ボラードは、私を離さない。

「物乞いをするよりは楽に稼がせてやるぞ。奉仕には少々向かぬ体をしているが、その顔なら――」

その言葉は、最後まで続かなかった。

突然視界の横からアドラスさんの腕が伸びてきて、私を掴む腕を目にも留まらぬ速さでひねり上げたのだ。

「ぐぉ!」と痛みに顔を顰めてボラードが体を捩《ねじ》ろうとすると、アドラスさんは彼の巨体を引き寄せ、甲冑もろとも地面に叩《たた》きつけた。

石畳と金属が激しくぶつかり合い、派手な物音が響き渡る。とたんに広場は時が止まったかのように静まり返り、人々の視線がアドラスさんとボラードに注がれた。

ボラードは何が起こったのかも分からないようで、うつ伏せに組み伏せられたまま、きょとんとした顔で目をパチクリさせていた。しばらくして、自分が地面に口づけする様を衆目に晒《さら》されたと理解したらしい。まず青ざめ、次にカアッと顔を怒りで染め上げ、鼓膜を破りかねない勢いでわめき散らした。

「貴様、物乞いの分際で、東部連合軍部顧問たるこの俺に反抗する気か！　離せ、汚い手で触るな！」

「それはこちらの台詞《せりふ》だ。断りもなく婦女子に触れた挙句、下卑た言葉を浴びせかけるとは。……彼女に謝罪しろ。さもなくば、折る」

「ア、アドラスさん……」

もがくボラードを動けぬように上から押さえつつ、アドラスさんは男の腕を容赦なく締め上げた。関節からはぎちぎちと痛々しい音が聞こえてくる。

私がしばらく硬直していると、横からリコくんが飛び出して、宥《なだ》めるように主人に呼びかけた。

「アドラス様！　ひとまず、冷静になりましょう！」

「俺は冷静だぞ、リコ」

とアドラスさんはきっぱりと首を振る。

「ただ、少々怒っているだけだ」

「大丈夫です。この程度のこと、気になりませんから」

やっと口からそれらしい台詞が出てくる。私は笑みを作って、アドラスさんの肩にそっと手を乗せた。

「ここで騒ぎを起こしても、話を拗《こじ》らせてしまうだけです。一度、出直しましょう」

「……」

アドラスさんは険しい表情のままこちらを見上げる。だが不満を口にすることはなく、やがて渋々と立ち上がった。

「すまん。余計な騒ぎを起こしてしまったな」

「いえ、早く行きましょう」

リコくんと二人でアドラスさんの背中を押しながら、逃げるようにその場を立ち去ろうとする。しかし背後から、恨めしげな声が私たちを呼び止めた。

「待て。物乞い風情が、馬鹿にしやがって……」

ボラードだった。彼はよろよろと立ち上がり、土汚れを払いながらアドラスさんを鋭く睨《ね》めつける。その顔からは理性が抜け落ち、代わりに羞恥《しゅうち》と怒りが露わとなっていた。

ボラードは腰元の剣を荒々しく引き抜くと、刃先をまっすぐアドラスさんに向ける。光る刃《やいば》に私とリコくんは揃って息を呑《の》み、アドラスさんは呆れた面持ちで眉尻《まゆじり》を下げた。

「お前、この状況で剣を抜くのか」

「うるせえ！　今ここで切り刻んで――」

「アドラス！」

新たな声が広場に響く。ボラードも私たちも、つられて顔を上げた。

いつの間にか、領主邸宅の正面扉は開け放たれていた。玄関の石畳を蹴《け》って、こちらへと駆け寄る複数の人がいる。

その先頭にいるのは、少々肉づきのいい灰色の髪の男性だった。年齢は四十半ばくらいだろうか。愛嬌《あいきょう》のある顔立ちの人だが、身に着けた貴金属からは、ほんのりと野心の香りがする。

「伯父上《おじ》……」

アドラスさんがつぶやいた。ということは、彼こそがこの土地の主人、グレイン卿《きょう》か。

卿は息を切らしてアドラスさんの前に立つと、彼の両肩を掴んでがくがくと揺らすのだった。

「アドラス、お前はこれまで一体どこに姿を消していたのだ！　今が大事な時期であると分かっているのか！　帝国中を探し回ったのだぞ！」

「断りもなく領を離れて申し訳ございません、伯父上」

掴まれたまま、神妙な面持ちでアドラスさんは頭だけ深く下げる。

「騎士アドラス、ただいま戻りました」

肝心なことは何も言わないまま、しかし真摯《しんし》に謝罪する甥《おい》を、グレイン卿はしばらく眺めた。彼は何か言いたげだったが、「まあ無事ならいい」とつぶやくと、不自然なほど急に、上機嫌な笑みを浮かべた。

「ここを飛び出た理由については深く聞くまい。こうして私のもとに戻ってきてくれたのだからな！」

「それですが、伯父上。これは一体何の騒ぎです。門からここに至るまでの間に、見知らぬ武人を大勢見かけましたが」

と言いながら、アドラスさんはボラードをちら、と見た。ボラードはぽかんとして、未《いま》だ抜き身の剣を片手に立ち尽くしている。

「ああ、彼はオルフ・ボラード卿だ。お前の出生の真実を知り、ぜひ助太刀《すけだち》したいと名乗りをあげてくれた心ある御仁だよ。北部では名のある騎士だと言うから、我ら東部連合の食客としてお招きしたのだ。――して、ボラード殿。なぜ抜剣しているのだ？　ここは我が屋敷の前だぞ」

「い、いえ、閣下！　その男……いや彼は、一体どちら様で」

バネ人形のようにぎくしゃくとした動きで、ボラードは剣を鞘《さや》に収める。先ほどの威圧感は嘘のように消え失せ、背中は媚《こ》びへつらうように丸まっていた。

「今の話を聞いて分からんかね。彼はアドラス――いや、エミリオ皇子殿下だよ」

「は」

ボラードの大きな顔が硬直した。だがそれも、すぐにくしゃりと崩れる。

「し、しかし！　エミリオ皇子殿下は遊歴中でしばらくご不在のままであると、そうおっしゃっていたではないですか！」

「ああ、その話か。事情や予定は変わるものだろう」

おざなりにボラードの疑問をあしらって、グレイン卿はアドラスさんに向き直った。

「さあアドラス、まずは屋敷へ。丁度良い時に帰ってきてくれた。お前に会わせたい方々がいるのだよ」

「……分かりました。連れがいるのですが、彼らも屋敷に招いてよろしいでしょうか」

アドラスさんは、私とリコくんを振り返る。

訝《いぶか》しげなグレイン卿の視線が、リコくんをすり抜け私へと突き刺さった。

「アドラス。そちらの女性は？」

「彼女はヴィーといいます。俺の従士の縁者です」

「……そうか。何にしても、お前の客なら私の客だ。部屋も用意させよう。さあ、中へ入りなさい」

グレイン卿が私に何を思ったのかは分からない。敵意のようなものを感じた気がするけれど、彼はすぐに作り笑いを浮かべ、再びアドラスさんを邸内に誘うのだった。

「リコ、なるべくヴィーのそばについていてくれ」

声を潜めてそう言い残すと、アドラスさんはグレイン卿と並んで屋敷へ向かう。私もリコくんとうなずきあって、屋敷の方へと足を踏み出した。


屋敷の中に入るなり、アドラスさんはグレイン卿に背中を押されて姿を消してしまった。私とリコくんは屋敷の中庭で所在なく立ち尽くしていたけれど、やがて使用人に誘われ、邸内の一室へと足を踏み入れた。

そこは、来客用のサロンだった。床には絨毯《じゅうたん》が敷き詰められ、壁には名も知らぬ画家の風景画がいくつもかけられている。天井には古めかしいシャンデリアが吊《つ》るされているが、揺れる灯は頼りない。

その中では、瀟洒《しょうしゃ》な装いの男性たちがガラスの杯を片手に談笑していた。

「貴族……だよね、みんな」

「そうだと思います」

場違いな私たちは部屋の隅に移動して、室内で談笑する人々をこっそりと観察する。男性陣も異質な私たちにちらと探るような視線を送ってきたけれど、すぐ何事もなかったかのように上品な笑みを浮かべて語らいを再開した。この鮮やかな〝見て見ぬ振り〟は、まさに上流社会ならではの技である。

こっそり感心していると、やがて潑剌《はつらつ》とした声と共に、両開きの木製扉が開かれた。

「みなさまお待たせしました」

現れたのはグレイン卿だった。その背後には、アドラスさんもいる。彼の佇《たたず》まいは、離れていたわずかな時間のあいだにすっかり様変わりしていた。

旅と襲撃によって溜《た》め込んだ汚れは綺麗《きれい》に洗い落とされ、本来の整った顔立ちがくっきりと現れている。荒れ放題だった錆色《さびいろ》の髪は丁寧に整えられていて、仕立てのいい衣服に身を包んだ姿は眩《まぶ》しいくらいだ。彼自身は不本意な入浴を終えた犬のようにふてくされているけれど、その表情も知らぬ人が見れば威厳ある顔つきに見えることだろう。

「アドラスさん、皇子様みたい」

「それ、本人に言わないでくださいね。あの人、変なところで繊細ですから」

正直な感想をつぶやけば、リコくんが小声で窘めてくる。

「それに、いつも明るく振る舞っていますけど、本当はすごく心配なんだと思います。マルディナ様とは仲の良い親子だったのに、あの方が亡くなって悲しむ間もなく『お前の母親は他にいる』なんて言われることになったのですから」

確かにそうだ。アドラスさんは、一ヶ月前突然お母様を亡くしたと話していた。本来ならば、まだ悲しみも癒えぬ時期だろうに。

……私も同じ頃に先生を亡くしているから、よく分かる。

「いやはや。東部のお歴々が一堂に会すると、なんとも壮観ですな」

室内の人々を見回して、上機嫌にグレイン卿は言う。しかし視界の端に私たちを捉《とら》えると、卿は「むっ」と眉《まゆ》を顰《ひそ》めた。

「おい、なぜ彼らがここにいるのだ」

「俺が呼んだのです。伯父上が例の物を招待客に披露すると聞いて、彼らにも見てもらおうと考えたのですが」

と間髪を容《い》れずアドラスさんが答える。

「お邪魔であるなら、彼らを連れてこの場は退《さ》がらせていただきます」

「……いや、いい。お前が呼んだということであれば構わんよ」

あっさりグレイン卿《きょう》は引き下がった。けれども一瞬、彼が鋭い一瞥《いちべつ》をこちらに投げるのを、私は見逃さなかった。

「さて。本日皆さまにお集まりいただいたのは、お察しの通り、先日私が提言した東部連合について改めてご説明するためです。既に各方面から賛同の声をいただき、現在、東部貴族の実に四割が連合加入の意を表明されました。うち何名かからは、実際に我が領へ人材や物資を送るなど、手厚いご支援をいただいております」

グレイン卿の言葉に、客人たちはざわめき顔を見合わせる。確かに四割とは大きな数字だ。

「しかし、未《いま》だ東部貴族の中には連合への加盟を躊躇《ちゅうちょ》なさる方が多いのも事実。また、加盟者の中にも我々の提案に疑念を抱く方が何名かいると聞いております。諸侯の疑問はおそらく同じでしょう。『アドラス・グレインは、本当にエミリオ皇子殿下なのか』」

室内の緊張が一気に高まる。皆の関心が集まる手応えがあったのか、グレイン卿は満足げな笑みを浮かべた。

「突拍子もない話ですから、疑うのも無理はありますまい。なので本日は、東部貴族の中でも特にお力のある皆さまに『アドラスがエミリオ殿下である』という根拠となったクレマ妃の手紙をお見せします。ぜひこちらの書面を見て、ご判断いただきたい」

グレイン卿はそう言って、背後の使用人に目配せした。

使用人は静々と前に進み、木製テーブルの上に慎重な手つきで紙を並べていく。すると人々は我先にとテーブルに集まり、食い入るように紙に目を走らせた。

なるほど、グレイン卿は広場で「丁度良い時に帰ってきてくれた」とアドラスさんに話していたが、彼は東部連合の規模拡大のために、今日は各地の有力者を集めて説得しようとしていたわけか。そこにある意味運悪く、アドラスさんは帰ってきてしまったのだ。

だが、騒動の発端となった手紙には興味がある。私も詰め合うお歴々の隙間から、そっと顔を覗《のぞ》かせた。

テーブルの上に用意されていたのは、古びた三枚の紙だった。それぞれには黒いインクで、文字がびっしりと書き込まれている。

「触れないように」とグレイン卿が念を押してきたので、まず顔を近づけて、外観的な異常がないかを観察する。

特に視えるものはない。紙の材質は目視の範囲では同じように見えるし、劣化の具合も、インクのにじみ方も紙ごとに変わりはない。鼻を近づけてみても、鼻腔《びこう》をくすぐるのは古びた紙の匂いだけ。……少なくとも、魔術的な異常はこの手紙にないようだ。

次に私は、実際の文面に意識を移した。手紙には女性的な整った文字で、こう書かれていた。

『親愛なるマルディナへ

突然このような便りが届いて、あなたは驚いていることでしょう。あるいは、怒っているかもしれませんね。私のせいで、あなたは女としての幸せを不当に奪われることになったのですから。でも、どうか……あなたがこの手紙を破り捨てず、愚かな私の話を聞いてくださることを祈ります。

あなたがその子を連れて私の元を去ってから、もう二年が経ちました。あなたが消えたばかりの頃、私は怒りと喪失感とで骸《むくろ》のように成り果てておりましたが、確かに年月は人を癒すものですね。最近は、以前よりも心穏やかに過ごせる時間が増えました。

それでも、時折エミリオのことを夢に見ます。私の大事なエミリオ。無垢《むく》で、誰よりも汚れのないはずのあの子が、どうして命を狙われなければならなかったのでしょう。どうしてあの子はいま、私の腕の中にいないのでしょう。そのことを思うと、二年前の激情が当時と同じ熱を持って湧き上がるのを感じます。

やはり私は、彼らを許すことができないようです。自覚のないまま、彼らも私と同じ苦しみを味わえばいい。

ですがあなたには、取り返しのつかないことをしてしまいました。

あなたがいま、どのような生活をして、周囲からどのような評価を受けているのかは聞き及んでおります。

本当は、あなたは誰より気高く心優しい女性なのに。あなたはその子を、そして私のことを守るために、約束された幸せも、名誉も全て捨てることになったのに……。

全て私のせいです。

それなのに、私は怨嗟《えんさ》に取り憑《つ》かれ、自分の感情ばかりを燃やし続けておりました。

本当に、ごめんなさい。


マルディナ。あなたに一つ、お願いしたいことがあります。

どうかその子を、このままあなたの手で育ててやってくれないでしょうか。

その子は、正統なる第十位継承権保持者です。本来ならば然《しか》るべき教育を受け、母の腕に抱かれて育つべき人なのでしょう。

でもその子が王宮に戻ったなら、私はきっとその子を死なせてしまうから。だからあなたに守り続けてもらいたいのです。

あなたに頼み事をする資格が私にないことは分かっています。だけどもう、あなたしか頼ることができないのです。

あなたがこの願いを、聞き届けてくれることを信じて』

「これが……クレマ妃の手紙」

もう一度文面をはじめから読み直す。

なんだろう、この手紙。遠回しな内容のせいか、いまいち背景を摑《つか》めないせいか、いくら読んでも漠然とした違和感が胸に残る。

さらに読み直そうとしたところで、グレイン卿が得意げに口を開いた。

「この手紙は現皇帝陛下の側妃であらせられたクレマ妃から、彼女付きの行儀見習いでありーーその後、王宮から姿を消した我が妹、マルディナに宛てた手紙になります。この内容を読めば、クレマ妃が我が子エミリオを妹に託したということがよく分かるでしょう」

「すみません、よく分かりません」

話をそのまま畳まれそうだったので、すかさず手を挙げた。

グレイン卿は私が異を唱えたと分かったとたん、「ちっ」と小さく舌打ちする。

「なんだね、客人殿。話の腰を折られては困るのだが」

「申し訳ございません。ですがこの手紙は内容から察するに、アドラスさんのお母様ーーマルディナさんが失踪《しっそう》してから二年後、つまり今から約十八年前に書かれたものですよね。当時の情勢をよく知らないので、いまいち手紙の内容が理解できないのです」

「ああ、私も」

比較的若い貴族が、恐る恐る同意した。

「十八年前となりますと、私もまだ子供でした。当時の王宮内の事情に疎いゆえ、この手紙も何が何やら」

「そうだな」

「私もその頃異国におりましたので」

若い貴族に同調して、更に数名が声を上げる。

さすがに彼らのことは無視できないようで、グレイン卿は舌打ちを帳消しにするように、急いで愛想のいい笑みを作り上げた。

「そういうことならご説明しよう。――まず、フェルナンド皇子殿下のことは皆様ご存知ですな」

これには全員がうなずいた。

フェルナンド皇子。大貴族アルノーズ侯爵の孫で、第十位継承権を持つ、次期皇帝の有力候補。そして、アドラスさんの命を狙っているかもしれない人物の一人。

「実は、フェルナンド皇子とエミリオ皇子、それぞれの母親の妊娠発覚はほぼ同時期でした。そのため、どちらの皇子が先に生まれるかで、当時宮内は騒然としていたとか。

しかも、二人の母親には明確な差があった。フェルナンド皇子の母親であるナタリア妃は名門アルノーズ家の当主の娘。片やエミリオ皇子の母親であるクレマ妃は、異国生まれの平民も同然な娘。きっと多くの人間が、フェルナンド皇子こそ継承権を持つに相応《ふさわ》しいと考えたことでしょう」

「でも、先に生まれたのはエミリオ皇子だった」

私の発言に、「その通り」とグレイン卿《きょう》は首肯した。

「結局、エミリオ皇子が十日ほど先に生まれました。当然継承権はエミリオ皇子に付与されることになりましたが、彼が死ねば、継承権はフェルナンド皇子に移行する。だからエミリオ皇子の命を奪おう、と考えた輩《やから》は少なくなかったことでしょう。

事実、クレマ妃は暗殺を警戒して、常に細心の注意を払っていらしたそうです。皇子の周囲には魔術を通さぬ結界を張らせ、側に置くのは信用できる人間のみ。食事も、身につけるものも全て腹心が用意しており、その徹底ぶりは病的ですらあったと、多くの人間が証言しています。……その背景を踏まえた上で、この手紙を読んでいただきたい」

グレイン卿は拳《こぶし》を強く握った。声にも更に力が込められる。

「いくら対策を講じても、クレマ妃は安心できなかったのでしょう。彼女にも多少の後ろ盾はいたようですが、相手はアルノーズ侯爵一派。彼らがどんな手を使ってくるか分かったものではありません。そこで妃は我が子の命を守るため、エミリオ皇子の死を偽装し、本物の皇子を最も信頼できる友であったマルディナに託したのです。つまりこの手紙は、『託したエミリオ皇子をよろしく頼む』という内容の手紙なのですよ！」

熱気が立ち込める長台詞《ぜりふ》に圧倒され、人々が「おお」と感嘆の声を漏らした。

グレイン卿自身は「どうだ」と言わんばかりの得意げな顔で口の端を上げ、髭《ひげ》を撫《な》でている。その隣でアドラスさんは、どうしたものかと困ったように額に手を置いていた。

彼と視線が合う。目で問いかけると彼がうなずいたので、私は遠慮なく声をあげた。

「あの。グレイン卿のお話通りなら、クレマ妃は事前に暗殺の気配を察知していて、その対応策もすでに取っていらしたのですよね。それなのに、どうして皇子を手放してしまったのでしょう」

疑問を呈したのがまたもや私であると知ると、グレイン卿は鬱陶《うっとう》しそうに顔を顰《しか》めた。

「だから、命を守るためだろう。後ろ盾のない自分では、皇子を守りきれないと考えて――」

「当時の状況は存じませんが、本当に危険を感じたなら、まず皇帝陛下に訴えるなど、色々手はあったように思えます。その筋書きでは、あまりにクレマ妃の行動が極端です」

「……これだから平民は。民草には想像もつかぬだろうが、王宮とは陰謀渦巻く危険な場所なのだ。数多《あまた》いる妃の一人に過ぎぬクレマ妃が、なんの証拠もなしに他の妃や高位貴族を告発したらどうなると思う？」

「グレイン卿には、お子様がいらっしゃいますか」

「は？」

私の唐突な返しに、グレイン卿の目が丸くなった。彼は面倒そうな口ぶりで答えた。

「息子が二人いる。今はどちらも、領外で暮らしているが……それが何かな」

「では奥様のご出産に立ち会ったことは」

これには首を横に振るグレイン卿だった。

「そうですか。私は何度か人の出産に立ち会ったことがあります。ですから、自分で子を産んだことはないものの、出産が女性にとっていかに命がけの行為であるかは知っているつもりです」

「いったい何の話がしたい」

「出産の危険性についてです。皇帝の妃の出産となれば、もちろん選《よ》りすぐりの医師が出産に立ち会うことでしょう。しかし、いくら事前に手を施そうとも、予期せぬ死が母親や赤子に襲いかかる可能性があるのが出産というものです。それは、一度子を産んだクレマ妃ならよく理解できていたはず。

……それなのに、どうして彼女は待たなかったのでしょう」

「あ」と何人かが気づいた様に顔を上げる。しかしグレイン卿は訝《いぶか》るような表情のまま、私の意図を探っているようだった。

更に私は言葉を続ける。

「つまり、出産時の不幸でフェルナンド皇子が無事に生まれてこない可能性だってあったはずなのです。もしそうなれば、ひとまずエミリオ皇子が積極的に命を狙われることはなくなり、クレマ妃は皇子を手放さずに生きていくことだってできたかもしれません。そうした可能性を考慮せず、産後五日で皇子を王宮で育てることを諦《あきら》め、行儀見習いに全てを託す——それって、少々短慮というか、気が早すぎるのでは。ナタリア妃の出産日が近いことは分かっていたのですから、それを待ってから行動を起こしたって良かったのに」

「なにを――！」

私の指摘に、グレイン卿は怒りで目を血走らせ、すぐさま口を開いた。

しかし、反論が返ってこない。彼は何かを喉《のど》に詰まらせたように、口だけをもごもごと動かしたあと、やっとの様子で言葉を継いだ。

「そ、そんなものはただの詭弁《きべん》だ！　では、この手紙に書いてある内容はどう解釈するのだ！」

「それなんですよね」

グレイン卿の言いたいことも分かる。確かにこの手紙は、クレマ妃が我が子をアドラスさんのお母様に託したように読み取れてしまうのだ。

「言っておくが、この手紙は本物だからな。筆跡はクレマ妃のものと一致しているし、封蠟《ふうろう》は彼女が生前使用していたものだと判明している。それに当時は――」

「伯父《おじ》上。そろそろ、本当のことを話したらどうです」

とうとう痺《しび》れを切らしたように、アドラスさんが言葉を落とした。グレイン卿は一瞬言葉を切らして、あからさまに目を泳がせた。

「な、なんのことを……」

「では俺から皆に説明しよう。……この、クレマ妃だが。彼女はエミリオ皇子を亡くしたあと、精神を深く病んでしまったという話がある」

「アドラス！」

グレイン卿は余裕をかなぐり捨てて、鋭くアドラスさんを咎《とが》めた。しかしアドラスさんは、頑として首を振る。

「当時のクレマ妃は、何日ものあいだ寝込んでいたかと思えば、突然起き出して『息子は殺されたのだ』と叫んで回ったり、たまたま出会った幼い子供をエミリオだと言って連れ去ろうとしたりと、かなり不安定な状態だったらしい。あまりこうは言いたくないが、この手紙が本当にクレマ妃からのもので、母に宛てたものだったとしても、内容の信憑性《しんぴょうせい》に問題がある。実際、中央の多くの貴族や関係者は、俺と同じような主張をしていると聞いた」

領主たちの表情に再び疑念が走り、視線はグレイン卿に注がれる。

アドラスさんが皇子であるという疑惑の根拠になった、クレマ妃の手紙。その書き手自身に問題があったら、内容の是非を論じることすら無意味となってしまう。この事実は、グレイン卿の主張を根底から覆しかねないものではないか。

「精神を病んでいたなど、中央貴族どもの勝手な主張だ！　クレマ妃は病んでいたのだ、だからその手紙はでたらめだ、などという言葉をそっくりそのまま受け取って、お前は真実から目を背けるつもりか！　クレマ妃はお前の母かもしれないのだぞ！」

グレイン卿は激昂《げきこう》してアドラスさんに迫る。しかしアドラスさんは冷静なまま、毅然《きぜん》として応じた。

「俺が皇子であるということ自体が、伯父上の勝手な主張ではありませんか。そもそも、クレマ妃が皇子の死を偽装した、とおっしゃるが、そのようなことは可能ですか？　ただの赤子ではないのです。もし皇子が死んだとなれば、大勢の医師や関係者が遺体を確認することでしょう。そうした多くの目を欺けるほど容姿の似た赤ん坊の遺体を用意するなど、不可能ではありませんか」

「それは」

「それなら、方法があります」

そこで私が口を挟むと、アドラスさんとグレイン卿は意外そうにこちらへ顔を向けた。

「方法？」

「ええ、大して難しいことではありません。予め、同じ頃に生まれる他の赤ん坊を用意しておけばいいだけの話です。皇子が生まれた時に取り替えれば、誰もが偽の赤ん坊を皇子だと思って扱うでしょう」

「そんなこと、できるわけ……」

「不可能ではないかと。この世には、産んだ子供を処分したがる親がそれなりにいるんです。生まれてすぐに取り替えるなら、性別を選ぶ必要もありません。あとはその子を手にかけるだけで、皇子の死の偽装は簡単にできてしまいます」

「それだ！」

まるでたった一つの真実にたどり着いたかのように、興奮した面持ちでグレイン卿はまくし立てた。

「クレマ妃は皇子の命を狙う策謀の気配を感じて、継承権よりも我が子の命を守ることを優先した。そして彼女の言う方法で、予め用意していた赤ん坊とお前を取り替えたのだ。どうだアドラス。お前はやはり、エミリオ皇子その人に違いない！」

爛々《らんらん》と目を煌《きら》めかせながら、グレイン卿は甥《おい》を見上げる。

けれどもアドラスさんはすぐに応えようとせず、ぐっと感情を圧《お》し殺すように顔を伏せた。

「……その方法を用いるとなると。どうしても、無関係な赤ん坊の犠牲が必要になる」

やがて絞り出された声は低く、抑揚を欠いていた。しかし言葉の端々には、抑えきれぬ怒りがにじんでいる。

「何がエミリオ皇子その人だ。あなた方は、母がそんな非道な行いに加担していたと言いたいのか。継承権のためならば、母たちの名誉など、どうなっても構わぬと言うのか」

「あ……」

自分の言葉が何を傷つけたのか、今になって気がついて、私は息を呑《の》んだ。

アドラスさんの言う通りだ。私の推測は、マルディナさんとクレマ妃の殺人を、告発しているも同然ではないか。

「い、いや。だがな、きっとマルディナも、お前を守るために仕方なく」

「失礼する」

取り繕うようなグレイン卿《きょう》の言葉を遮って、アドラスさんは身を翻す。そのまま扉へ向かおうとする彼の背中を、私は咄嗟《とっさ》に呼び止めた。

「アドラスさん――」

「すまないが、後にしてくれ」

冷ややかな声だった。振り返らずにそれだけ言って、彼はサロンの外へと消えて行く。強く閉じられた扉の向こうから、遠ざかる足音だけが聞こえてきた。


「嘘つき!」

目の前で、女の子が私を睨《にら》んでいる。幼いながら、彼女の憎悪は本物だった。

「幽霊が視えるなんて言って、馬鹿みたい。私のお母さんは、外国でお仕事をしているの。それでいっぱいお金を貯めたら、私のことを迎えに来てくれるって言っていたわ。なによ、ちょっといじめられたからって私に仕返ししているつもり?」

「……でも、あなたの後ろにいるんだもん」

私は少女の背後に立つ、やせ細った女性を見上げた。その姿は吹かれる蠟燭《ろうそく》の炎のように、頼りなく揺れていた。

「髪は肩まで伸びていて、赤茶色。あと、少し癖っ毛だね。見た目からして、南部の人なのかな」

「え……」

特徴を挙げると、歪《ゆが》んでいた少女の顔から怒りがするりと抜け落ちた。確かな手応えがあって、私はさらに霊の姿を言葉に換えていく。

「顔立ちも、ちょっと違う気がする。お母さんは丸顔で、肌の色が濃いんだね。でも、瞳《ひとみ》の色は深い緑だ。これはあなたと同じ」

「ひっ」

小さな悲鳴をあげて、少女はその場から飛びのいた。私が見上げる場所に視線を向け、赤く色づいていた頰を、さっと青くする。

「本当に、お母さんがいるの」

「うん。一週間くらい前からずっとあなたの後ろにいたから、気になっていたの」

「……」

少女はしばらく、言葉を失っていた。だがやがて、「何て、言っているの」と恐る恐る訊《たず》ねてくる。

震える彼女に、私ははっきりと告げるのだった。

「『置き去りにしてごめんなさい。でもあの人を愛していたの』だって」

「……ん」

目を開く。

まず、闇に染まった天井が視界に入った。次に、自分が寝台に横になっていることを確認する。そして、直近の記憶をずるずる辿《たど》って――ふう、と息を吐いた。

「懐かしい夢を見たな」

独り言《ご》ちながら、上半身を起こす。汗をかいたせいで、服がじっとり重い。

サロンでの一件のあと、用意された客室に入るなり、ひどく疲れて寝台に横になったところまでは記憶がある。どうやらそのまま、ぐっすり眠ってしまったらしい。最後の記憶では空はまだ明るかったのに、嵌《は》め殺しの窓から外を覗《のぞ》くと、既に辺りは濃紺の闇に沈んでいた。

木々が月光を浴びて僅《わず》かに輪郭を映し出し、さわさわと風に揺れている。しばらく外の景色を眺めていると、私の言葉を聞いて崩れ落ちる少女の姿が脳裏に映し出された。

――あれは、まだ神殿の孤児院で生活していた頃の記憶だ。苦く忘れ去りたい思い出なのに、今でもこうして夢という形で、たびたび私の前に現れる。

あのあと、少女は孤児院から姿を消してしまった。噂によると、アウレスタの分院に移されたらしい。「せっかく高い魔術の素養があったのに」と教育係の神官が、残念そうに語っていたのを覚えている。

原因は、言うまでもなく私だろう。私が無神経に吐き出した言葉が、彼女の心を打ち砕いたのだ。

今回も、同じことをしてしまった。

私はただ、可能性を提示しただけのつもりでいたけれど。私の言葉は、母を信じるアドラスさんの気持ちをひどく傷つけてしまったのだ。

大事な人の名誉が傷つけられる、屈辱感。それを自分一人では覆すことのできない、無力感。私はそれを、誰よりも知っていたはずなのに。

「……よし」

寝直す気になれなくて、寝台から降りる。簡単に服を整えると、私は扉に手をかけた。

夜更けは霊が活発化する。つまり今は、幽霊観測にうってつけの時間帯なのだ。少しは霊感女らしく、それらしい働きをしてみよう。

『……』

廊下に出てすぐ、物言わぬ人影と遭遇した。第一幽霊である。姿からして、この屋敷の使用人であるようだ。

「こんばんは」

声をかけると彼はふと顔を上げたが、大して興味もなさそうに、廊下の奥へと向かってしまう。やがてその姿は、夜の陰に飲まれて見えなくなるのだった。

清々《すがすが》しいほどの無視である。これでは傷つく暇もない。同じ方向に歩いてばったり再会しても気まずいので、私は霊と反対方向へ足を進めることにした。

こうもあっさり霊に遭遇できるとは、さすが古いお屋敷だ。昔の砦《とりで》を改築した建物だというだけあって、造りもしっかりしている。けれども石造りの廊下は所々で折れ曲り、注意しなければ迷子になりそうなほど入り組んでいた。

グレイン領に至るまでの道中、アドラスさんは幼少期のほとんどを、自宅とこの屋敷で過ごしたと話していた。私生児はとかく風当たりの強い人生を送るものと聞くけれど、彼は伯父《おじ》に可愛がられて、貴族の子弟と変わらぬ教育を受けさせてもらったらしい。

アドラスさんが、この土地と人々を大事に思っていることは、これまでの彼を見てよく分かった。だから彼は、あれだけ必死に自身が皇子であることを否定しようとしているのだ。

できることなら、力になりたいと思う。だけど、彼は本当にただのアドラスなのだろうか。現状では、彼を皇子と断定する材料も、否定する材料も手元にないのだ。もし彼が皇子であるとする証拠が見つかったら、私は――

「おい」

呼び止める声が聞こえて、反射的に振り返る。声の主の姿を見て、私は立ち止まったことを後悔した。

「どうしてこんな時間に一人で出歩いている。金目のものでも探していたのか？」

「……あなたは」

昼間アドラスさんに喧嘩《けんか》を売り、惨めに叩《たた》きのめされたボラードだった。

ボラードは周囲に視線を走らせたあと、ニタニタと笑いながら私に歩み寄ってくる。

合わせて私も、数歩後ずさった。

「この先はお偉方の部屋だぞ。商売女が踏み入っていい場所じゃない」

「ごめんなさい。寝つけなくて、少し歩いていたらこんな場所まで来てしまったんです。

すぐ部屋に戻りますね」

「それに皇子殿下は、別の女とお楽しみ中だ。邪魔しない方がいい」

「え」

受け流すつもりが、ついボラードの言葉に反応してしまう。

私が見せた硬直に気を良くしたらしい。ボラードは露骨に笑みを深めた。

「残念だったなぁ。小銭を稼ぐ機会を失ったな」

「あの、そういうつもりではないので。道を空けていただけませんか」

「なんなら俺がお前を買ってやろうか」

だめだ、会話が成立しない。

どうも酔っているらしく、ボラードは呂律《ろれつ》の回らない舌で、一方的な台詞《せりふ》を繰り返す。

吐く息はひどく酒臭い。そのくせ足取りはしっかりとしていて、じりじりと私は壁際に追い詰められていく。

とうとう背中が壁に触れると、ボラードは壁に強く手をついて、私の逃げ道を断つのだった。

「……私は、アドラスさんの客人ですよ」

「ここはグレイン卿《きょう》の屋敷だ。この屋敷の中では、あの方もただの客さ」

「む」

意外と鋭い返しである。酔っ払っているくせに。

黙って顔を伏せると、顎《あご》を摑《つか》んで強引に持ち上げられた。

「グレイン卿は、殿下に東部貴族の女を宛てがうつもりだ。お前のような女の出番はもうねえよ。なら、俺に媚《こび》を売っておいたほうが、旨味《うまみ》があると思わないか？」

「……」

「おいおい、だんまりかよ。まあいい。下手にうるさいより、こういう手合いを鳴かせたほうが――」

「そう言えば、謝罪がまだだったな」

新たな男の人の声。

――と同時に、目の前にあったボラードのにやけ顔が苦悶《くもん》の表情に変化し、「いだだだ！」というだみ声混じりの悲鳴が次に響いた。

「アドラスさん！」

ボラードの背後には、アドラスさんが立っていた。彼は昼間と同じく瞬時にボラードの腕を絡め取り、背部へ回して容赦ない角度で捻《ひね》り上げていた。

「え、エミリオ殿下……！」

「謝罪しなければ折ると、昼にはっきり宣告したはずだ。それでも彼女への侮辱を重ねるというなら、俺も容赦はしない」

「で、殿下、ご容赦を！　俺は侮辱なんて」

「深夜だからな、あまり大きな悲鳴をあげてみなに迷惑をかけるなよ。──よし行くぞ」

「申し訳ございません！　謝ります！　だからどうかお待ちください！　これは全て、グレイン卿の指示でございまして！」

情けない声が、廊下に反響する。

ボラードの叫声で空気が震えるあいだ、アドラスさんはぴたりと動きを止めていた。

やがて音が壁に吸い込まれると、彼は目線で私に語りかける。

私がうなずくと、アドラスさんは怯《おび》えるボラードをそっと解放した。

「今の話、どういうことだ」

床にへたり込んで肩を撫《な》でるボラードに、アドラスさんは冷然と問いかける。

先刻までの権柄ずくな態度はどこへやら、へこへこしながらボラードはまくしたてた。

「グ、グレイン卿が。これから継承権保持者としてご活躍する殿下が、下々の女に現《うつつ》を抜かすべきではない。邪魔になる前に、この女を適当におどしてさっさと屋敷から追い払え、とおっしゃいまして」

「……」

「ですから、俺自らの意思で彼女を侮辱しようとしたわけではないのです。どうかお許しください」

真偽はともかく、あり得そうな話ではあった。グレイン卿は、私のことを快く思っていないようだったから。

「……行け」

倦怠《けんたい》たっぷりにため息をつきながら、アドラスさんは顎をくい、と動かす。ボラードは何度も謝罪を繰り返しながら、幽霊使用人と同じ方向へ消えていくのだった。

「すまん。伯父が失礼をした」

気まずそうに、アドラスさんは口を開いた。眉間《みけん》には、深くしわが寄せられている。

「妙な勘違いのせいで、嫌な思いをさせたな」

「いいえ、お気になさらず。こんな時間に出歩いた私が悪いんです。それよりアドラスさんこそ、どうしてここにいらっしゃるんです？　アドラスさんは――」

女性と一緒にいると聞きましたが、と言おうとして口を噤《つぐ》む。なぜだか自分の口から訊《たず》ねるのは憚《はばか》られたのだ。

しかし意外にも、答えはあっさり返って来た。

「自分の部屋に戻ったら、なぜか東部貴族のご令嬢とやらが俺を待ち受けていたんだ。

だがつまみ出そうにも、廊下を歩かせるには心もとない格好をしていてな。仕方がないので代わりに俺が部屋を出ることにしたら、先ほどの現場に遭遇したわけだ」

「なるほど」

ほっとする気もするけど、何に対する安堵《あんど》なのかはよく分からない。

「それで君は、こんな時間に出歩いて何をしていたんだ？」

「それは……。夜の方が霊が視えやすいので、アドラスさんのお母様を探そうかと」

「そうか」

アドラスさんはしばし思案する。そしてすぐに、ぱっと顔を上げた。

「では俺が案内しよう」

ランタンを片手にアドラスさんが向かったのは、昼間ボラードと一悶着《ひともんちゃく》あった広場だった。

木造の家が町内を埋め尽くすなか、広場を囲む家々はどれも石造りだ。裕福な家庭は、この一帯に家を構えるのだろう。

アドラスさんは、そのうちの一つに迷いなく踏み入った。

「ここが俺と母の家だ。何か、感じるか？」

「いいえ。今のところは……」

さっそく私は、家の中を隅から隅まで観察する。炉のある居間。小さな台所。寝室。地下倉庫――

小ぶりな民家の探索はあっという間に終了したが、アドラスさんの母親らしき人の気配は、一切感じ取ることができなかった。

「いらっしゃらないようです。日や時間帯を変えると姿を現す霊もいるので、まだ絶対にいないとは言い切れませんが」

「……そうか。だが他にも、母と関係の深い場所はいくつかある。後日そこも当たってみよう」

彼としては残念な結果だろうに、そう話す声には安堵が含まれているような気がした。気持ちは分かる。誰だって、霊の姿で彷徨《さまよ》う家族の姿を知りたくはあるまい。

「そう言えば、なかなかお聞きする機会がなかったのですが、アドラスさんのお母様はどんな方だったのでしょうか」

「そうだな……」

思案しながら、アドラスさんはランタンを居間の卓上に置いた。そして椅子の一つを引き寄せ腰掛ける。私もそれに倣って彼の対面に腰掛けた。

「美人、だったな。見た目も若くて、一緒にいるとよく俺の姉と間違えられた。グレイン家のマルディナと言えば、美姫として東部ではそこそこ有名だったらしい。何事もなく行儀見習いを終えていたら、今頃どこかの大貴族の奥方として、悠々自適な生活を送っていたかもしれないな」

「それなのに、マルディナさんは平民の男性と恋に落ち、子を身籠《みごも》って駆け落ちした、とおっしゃっていたのですよね。息子のアドラスさんとしては、どう思いますか。お母様は、そうした衝動的な恋愛に走りそうな人物に見えましたか」

ずっと訊ねたかったことを、勢いに任せて口にする。ただし、面と向かって質問する勇気はなかったので、視線は伏せて次の言葉を待った。

少しの間がある。

「……正直、よく分からん」

「え？」

「らしくない、と言えばらしくないようにも思える。真面目で厳しく、責任感の強い人だったからな。恋に溺《おぼ》れて無計画な駆け落ちに身を投じる姿など、想像がつかない」

息子としてはあまり想像したくもないな、とつけ加え、アドラスさんは笑った。

「だが、世の中には思いがけない大恋愛があると言うだろう。その日出会ったばかりの相手と恋に落ち、これまでの地位も名誉も全て捨てて、逃避行の旅に出る――なんて物語もよく聞くからな」

「そうですね。出会ったその日に、なんていうのはさすがに無茶がありますけど」

人は感情ゆえに、時折思いも寄らない行動に出ることがある。そんな突発的な感情の揺動を否定することはできない、か。

「母とて人間だ。完璧《かんぺき》な聖人君子だったわけではない。間違いを犯すことだって、あったことだろう。……だが、誓ってこれだけは言える。母はどんな事情があっても、罪のない赤ん坊の命が奪われるのを、黙って見ているような人ではなかった」

力強く、アドラスさんは断言した。彼の声にも表情にも、揺るぎない確信があった。

語るアドラスさんの瞳《ひとみ》の奥に、美しく、心優しく、芯《しん》の通った女性の姿が見えるような気がする。そんな女性に育てられたからこそ、彼はこんなまっすぐな人になったのかもしれない。

……しかしこれは、あくまで私の思い込みだ。私は本当のマルディナさんを知らない。だから、ここで素直に同意することはできない。

「先入観は、人の目を曇らせます。強い信念や感情は、時として見えるものを歪《ゆが》ませます。人は自分の信じたいものだけを見て、理解できないものや都合の悪い事実は、排斥しようとしてしまうんです。だから、『この人に限ってありえない』という考えはとても危険だと思います」

「……」

辛辣《しんらつ》に聞こえるであろう私の発言に、アドラスさんは何も言わなかった。怒っているのではない。私の言葉の続きを待ってくれているのだと、気配で分かる。

「それは私も同じです。私も、どうしたって〝自分〟という器を介して、視える情報を歪めてしまいます。だから先生――先見の聖女は、私に『善人になろうとするな。善にも悪にも、平等であれ』とよくおっしゃいました」

ジオーラ先生の姿を思い出す。四十年以上の年月を、聖女という職に捧《ささ》げた永遠の乙女。未来を見通す力で、世界をたびたび救った伝説的存在。――それが、世間が抱く先生の印象だったけど、私から見た先生は、そこまで立派なものではなかった。

お酒が好きで昼から呑《の》んだくれ、口から出るのは皮肉と冗談ばかり。おまけにわがままで強引で、私なんて、しょっちゅう暇つぶしにからかわれていたものだ。

だけど先生は、いつも私に寄り添ってくれた。

自らが視たものを、人とは共有できぬ孤独感。視てはならぬものすら視えてしまう、己の力への底知れぬ恐怖。その全てを理解し、自分の力との向き合い方を、懸命に教え続けてくれた。

「善悪に平等であれ、なんて聖女らしからぬ教えですよね。でも物事を見極めるには、そうした何にも囚《とら》われない、客観的な視点が必要だと思うんです。だからこれからも、私はアドラスさんの信じることや大切な思いを否定するような可能性を、たくさん提示するかもしれません。ですが……」

なぜか、心臓が強く拍動する。震えをごまかすように、私は声を大きくした。

「〝私〟個人は、アドラスさんのお母様は素敵な方なのだろうと思っています。それは、息子であるアドラスさんを見ていれば分かりますから」

言い切ってから、「こんな長い前置き、必要なかったのでは」と気がついた。どうしてこんなにたらたらと、無駄話を連ねてしまったのだろう。

「ありがとう」

そう言って、アドラスさんは微笑んだ。

いつもの快活な笑みではなかった。もっと優しく、陽だまりのような——そんな、温かな笑みだった。

「それと、昼間はすまなかったな。つい頭に血が上って、大人気ない態度をとってしまった」

「そんなことはありません。昼間の件に関しては、私が軽率でした。可能性を検証することは大切ですが、人の尊厳を損なうような仮説を振りかざすことが、良いことだとは思いません。本当に、ごめんなさい」

謝罪を交わして、見つめ合い沈黙する。そして数瞬ののちに、揃って笑いを吹き出した。結局、私たちは謝罪する機会を、お互いに探り合っていただけなのだ。

しばらく笑ったあと、アドラスさんは姿勢を正してこちらに向き直った。ランタンの柔らかな光が、彼の真剣な顔を照らし出す。

「ヴィー。以前あの塔で、俺は『自分が皇子ではないと証明してほしい』と言ったな」

「はい」

「少し訂正だ。俺が、何者であるのか。真実は何かを、君に見通してほしい」

大陸最大の都市、帝都パラディス。絢爛《けんらん》都市とも称されるこの地には、群青《ぐんじょう》のアルマ湾を抱くように、象牙《ぞうげ》色の街並みが整然と広がっている。昼は蒼天《そうてん》の下で燦然《さんぜん》たる輝きを放ち、夜は煌々《こうこう》と照る街明かりを濃紺の海面に映す光景は、確かに絢爛と呼ぶに相応《ふさわ》しい美しさを湛《たた》えていた。

その西側——対岸の宮殿地区に連なる区画には、高位貴族の邸宅が立ち並んでいる。

中でも一際豪奢《ごうしゃ》な屋敷の執務室で、向き合う二つの影が密やかに言葉を交わしていた。

「——つまり、フェルナンドは素人を使って、アドラス・グレインを殺害しようとしていたというのか」

部下の報告を聞き終わったあと、座してため息混じりにそう話すのは、帝国議会副議長にして、この屋敷の主人であるオルドア・アルノーズ侯爵。

「はい。すでに四度ほど暗殺を試みて、全て失敗しているご様子です」

そして侯爵の前で分厚い報告書を捲《めく》るのは、彼の政務秘書、ナディアス。三十年にわたりアルノーズ家に仕える、古参の家臣である。

「あの愚か者め。あんな紛《まが》い物など捨て置けと、さんざ言い聞かせていたというのに」

侯爵は忌々《いまいま》しげに舌打ちして、嚙《か》みつくようにパイプを咥《くわ》えた。主人が次の言葉を継ぐまでのあいだ、部下のナディアスは口を噤《つぐ》む。

やがて多少の苦々しさを紫煙と共に吐き出すと、侯爵はパイプを執務机の脇に置いた。

「それで。足はついていないのだろうな」

「はい。現地の無法者を雇っていただけですので。これで私兵を動かしていたなら、他の候補者に嗅《か》ぎつけられていたでしょうが」

「稚拙な方法が救いとなったか。……で、その無法者とやらは？」

「処分しております。こちらは、抜かりなく」

「うむ、ご苦労」

淀《よど》みない部下の答えに満足したのか、侯爵は余裕を取り戻したようだった。顎《あご》の下に手を置いて、指先で白髭《ひげ》を弄《もてあそ》び始める。

東部の貴族たちが『エミリオ皇子生存』の報《しら》せを帝都に寄越してから、もうすぐ一ヶ月が経過する。そのあいだに、事態は彼らの想定と異なる方向へ転がってしまった。

議会で初めてクレマ妃の手紙とやらが読み上げられた時、侯爵は「この程度、気を揉《も》む必要もない」とほくそ笑んだものだった。

クレマ妃に対する貴族たちの評価は低い。彼女は庶民でありながら、その色香だけで側妃の地位に成り上がり、数多《あまた》の貴女才女を差し置いて、最後の皇位継承権保持者である十人目の皇子を出産した。それなのに、皇子をたった数日で死なせてしまった挙句、最後は帝国に唾《つば》吐きながら酒に溺《おぼ》れて事切れた。あの女を側妃にしたこと自体が、現王朝史の汚点であると言う者までいる。

そんな妃が書いた手紙を根拠に、エミリオ皇子生存を主張するなど不可能な話だ。こんなもの、ただの心を病んだ女の妄想だと言えば、それだけで話は済むと侯爵たちは考えていた。「我こそは真の皇族なり」と語る連中一人一人をいちいち相手にできるほど、帝国議会は暇ではないのだ。

しかし、もう一つの問題――東部連合とかいう田舎者たちの集まりが、予想外の勢いで結束を固め始めてしまったことは、全くの誤算だった。

この数十年近く、まともな協調性を見せてこられなかった東部の貴族たちが、『死んだはずの皇子』という象徴を得たことで、足並みを揃えつつあるのだ。

こうなっては、この件を無視することはできなくなる。事実、議会内でも「アドラスの出生の真偽を確かめるべきでは」という声がちらほら上るようになってしまった。

だからフェルナンドは焦って、祖父の忠告も聞かずにアドラス殺害に動いたのだろう。

「フェルナンド殿下のご懸念も、そう責められるものでもないかと」

控え目にナディアスは皇子を庇《かば》う。肩入れしているのではなく、彼自身も不安を抱いているのだ。

「東部連合が近々、議会に陳情書を提出する可能性ありとの報告を受けました。その内容には、アルノーズ家による二十年前のエミリオ皇子暗殺未遂を疑う記載も含まれているとか」

「奴らめ。フェルナンドを蹴落《けお》として、本気であの野良犬に継承権を与えるつもりでいるのか」

「そのようです。連中がいかに騒ごうと、継承権の移譲など不可能でしょうが、問題は――」

「この後の継承選への影響、だな」

現在皇帝は病床に臥《ふ》している。辛《かろ》うじて会話は可能であるが、日に日に病状は悪化しており、今やいつ息を引き取ってもおかしくない状態だ。次なる継承選は、そう遠くない未来に行われるだろう。

疑惑を引き摺《ず》ったまま継承選に臨んでは、フェルナンドが他の候補者たちに後《おく》れをとることになりかねない。それだけは、何としても避けなくては。

「このまま東部とアドラス・グレインを放置すれば、フェルナンド殿下の不利は確実なものとなります。危険ではありますが、いっそのこと、我々の手であの男を処分してはいかがでしょうか。お任せいただければ、すぐにでも片づけてご覧に入れます」

「いや、ならん。それは最後の手段だ。他の皇帝候補者たちも、本件に目を光らせつつある。第一皇子など、各貴族の動向のみならず、周辺国や地下街にまで網を張らせているらしい。間違いなく私の近くにも、あの若造の目が潜んでいることだろう。これでアドラス暗殺の証拠など摑《つか》まれたら、今までの苦労が全て水の泡になる」

第一皇子。その名前を聞かされては、ナディアスは何も言えなくなる。最も玉座に近いと噂される対立候補にこちらの弱みを握られでもしたら、フェルナンドの即位は絶望的となるだろう。

しかし一族の人間を帝位に就かせることは、アルノーズ侯爵家長年の悲願である。そのために、彼らはこれまで手段を問わず、あらゆる手を尽くしてきた。

そう、二十年前も――

「確かに私は、エミリオの殺害を手配しました」

確信を持って、ナディアスは言う。

「遺体も葬儀の際に確認しております。ですから、アドラス・グレインがエミリオであるはずがありません。それなのに、野放しにせねばならないとは……」

「分からんぞ。少なくとも、東部が用意したクレマの手紙は本物のようだ。とすれば、あの男がエミリオである可能性も皆無ではない」

「閣下、それは」

「君の手抜かりを疑っているわけではない。だが、クレマは犬のように鼻の利く女だった。こちらの思惑を嗅《か》ぎつけ、何か対抗策を打ったという可能性も否定はできないだろう」

侯爵は置いていたパイプを取り、灰をかき出し始める。その様子はいつもと変わりなく、声も穏やかだったが、口元には隠しきれぬ憎しみが浮き出ていた。

侯爵の娘――ナタリア妃は、クレマ妃に先んじて皇子を産もうと無茶を繰り返し、その負荷が溜《た》まってしまったのか、フェルナンドを産み落とした直後に死んでしまった。

侯爵自身、クレマ妃には思うところがあるのだろう。

「何にせよ、あの男の真偽はさしたる問題ではない。だがこのまま、天に采配《さいはい》を委ねるつもりも毛頭ないぞ」

「何かお考えがあるのですか」

訊《たず》ねる部下に、侯爵は口角を持ち上げた。

「簡単な話だ。我々は正々堂々と、東部の手伝いをしてやればいい」

第四話

グレイン領に到着してから数日が経過した。そのあいだ、アドラスさん、リコくんと共に町をぐるぐると回ってみたものの、やはりマルディナさんの霊を見つけることはできず。私たちは、次なる手段を講じる必要に迫られつつあった。

「――となると、そろそろ帝都へ向かう準備をした方がいいかもしれないな」

昼下がりの、人気《ひとけ》が少ない町の食堂にて。林檎《りんご》を丸のままかじりながら、アドラスさんはのんびりとそう言った。

「帝都、ですか」

対照的に、リコくんの声は暗い。彼は表情を曇らせたまま、ナイフで器用に林檎の皮を剝《む》いている。その見事な手つきを眺めていると、彼は切り分けた林檎を皿に載せ、私の前に置いてくれた。

一つ手にとってかじると、甘く酸味のある果汁がしゃくりと口の中に広がる。

リコくんは私が食べる姿をしばらく眺めたあと、静かに首を振った。

「僕は反対です。帝都はアドラス様を邪魔だと思っている連中で、溢《あふ》れかえっているはずです。領外に出ただけで危険な目に何度も遭ったというのに、そんな場所に行けば、命がどうなるか分かったものじゃありませんよ」

「だが、このまま領内に引きこもっていれば、俺は東部連合の首領にされてしまう。先日屋敷に招いた貴族連中も、全員連合への加盟を了承したらしいしな」

「でも……」

「帝都に行くのは難しくありませんか。グレイン卿《きょう》がアドラスさんを手放すとは、とても思えないのですが」

リコくんに代わって発言すると、私は食堂の入り口へ目を向けた。そこには、じっとこちらを見つめる兵士たちの姿がある。

彼らはアドラスさんの護衛だ。グレイン卿は「お前の身を守るため」と言ってアドラスさんに二人の兵をつけたけれど、アドラスさん曰《いわ》く、更に数名の監視役が近くに潜んでいるらしい。言うまでもなく、彼らはアドラスさんの逃亡を警戒しているのだろう。

アドラスさんには、前科がある。グレイン卿もアドラスさんの前では寛容なふりをしているけれど、内心では彼を閉じ込めてしまいたいと思っているに違いない。

「ま、なんとかなるだろう。俺にも協力者はいる」

「協力者？」

「ああ。東部連合に懐疑的な人間は大勢いるんだ。いくら中央の横暴が気に入らんといっても、それを理由に中央と喧嘩《けんか》をすることになれば、東部の劣勢は免れないからな。

前回は、その連合反対派の仲間に助けられて領の外に出たんだ。検問にいた、あのフリードもその一人だ」

と言われて、検問所で出会ったあの兵士の姿を思い出す。確かに彼は、アドラスさんの事情に詳しい様子を見せていた。

「ですが、帝都へ行ってどうするのです？　クレマ妃の霊を探すなら、王宮入りは必須《ひっす》ですが、果たしてそんなことが可能でしょうか」

「王宮に頼めばどうにかなるんじゃないか」

「……なるほど」

「ヴィーさん、ここは怒ってもいいところですよ」

リコくんがすかさず口を挟む。

「怒らないとこの人、今度は王宮で神殿と同じことをしでかしかねません」

別に怒りはしないけれど、よく分かった。アドラスさんの凄《すさ》まじい突破力は、この単純明快な思考に起因しているのだろう。

「アドラス様、こちらにいらっしゃいましたか！」

突然、落ち着きのない声が飛び込んでくる。

見れば使用人らしき人物が、食堂の扉に手をかけ、肩で息をしていた。かなり慌てて走ってきたようだ。

彼のただならぬ様子に、アドラスさんはすっと立ち上がった。

「騒がしいな。どうした」

「州軍が……」

息も絶え絶えに、使用人は声を振り絞る。

「帝国東方州軍より派遣された使者が、領内に到着しております！　アドラス様が皇子であるかどうか、直接確かめるとのことです！」

「確かめる、だと？」

アドラスさんの表情が、たちまち険しくなった。けれども使用人はそれ以上のことを知らないようで、困惑気味に首を捻《ひね》るばかりである。

「とにかく、すぐにご同行をお願いいたします。すでに領主様も、使者の方とアドラス様をお待ちです」

「分かった」

アドラスさんは一度こちらを振り返ると、使用人と食堂を出た。私とリコくんも、彼らの後を追いかける。

たどり着いたのは、教会の礼拝堂だった。

騒ぎを聞きつけたのか、教会の周囲には町民が集まって、中の様子をうかがおうと首を伸ばしている。そんな彼らを、これまた大勢の兵士たちが「見世物ではないぞ」と言って押しとどめていた。

雑踏をかき分けながら、私たちは教会の扉をくぐった。アドラスさん、私と進み、最後にリコくんが中に入ったところで、扉はぱたりと閉じられる。

教会の中は飾り気がないものの、広く清潔だった。入り口から主祭壇にかけては、まっすぐと身廊が延びている。その両脇に石材のアーチで仕切られた側廊が走り、内部には先日見かけた東部の貴族や警護の騎士、兵士たちが多く詰め掛けていた。不思議なことに、誰も中央の身廊へ足を踏み入れようとしない。

「アドラス、来たか」

グレイン卿が人々の中から顔を出す。彼は戸惑いと少しの畏《おそ》れを絡めた顔で主祭壇を指し示し、「あちらにお前の客が来ている」と言った。

示された方向を見やれば、修道士の僧衣に身を包む人々が十名ほど、主祭壇を守るように囲んでいた。その中心には、こちらに背を向け、祈りを捧《ささ》げる人の姿がある。

アドラスさんの到着を察したのだろう。その人物はやがてゆっくりと立ち上がり、私たちの方へ振り返った。

「――お待ちしておりました、アドラス・グレイン様」

齢《よわい》七十前後の、小柄な老人だった。整えられた禿頭《とくとう》と、染みひとつない白の僧衣が目に眩《まぶ》しい。服の裾《すそ》に金糸で施された刺繍《ししゅう》は帝国教会の象徴、白百合《しらゆり》の花。そして手にしているのは、最高等級の魔石が惜しげもなくはめ込まれた僧杖《そうじょう》である。

年齢的にも装い的にも、彼が高位の聖職者であることは容易に見てとることができた。

「帝国教会の聖職者とお見受けするが、あなたは？」

アドラスさんの問いに、老人は穏やかな声で答える。

「私は帝都第三教区の教区長を務めます、司教ラウザと申します」

リコくんが「ええっ」と驚愕《きょうがく》の声を漏らす。

驚くのも無理はない。帝国教会の司教――しかも教区長とは。文句なしの大物である。周囲を見渡せば、様子を見守る何人かの人が、リコくんと同様に口をあんぐり開けて驚愕していた。

しかしそこは、主席聖女を前にしても怖気《おじけ》づくことのなかったアドラスさんである。彼は「ふむ」とうなずいて、のんびり首をかしげた。

「俺は州軍の使者が来たと聞いてここに呼ばれたのだが、なぜ司教殿が？　教会は軍属ではないだろう」

「それは伝令の方が誤解なさったのでしょう。確かに帝都から州軍駐屯地を経由してこちらに赴きましたが、私は軍の使者ではございません。此度《こたび》は帝国中央議会より、教会本部に要請がございまして、この地に参りました」

「議会が、教会に要請？」

「はい。『アドラス・グレイン殿が誠にエミリオ殿下ご本人であるのか、それを確かめてほしい』と」

その言葉に、東方貴族たちがざわめいた。アドラスさんも、表情を引き締める。

「確かめる？　それは願ってもない話だが、なぜ議会がそんなことを教会に依頼する」

「アドラス様は、皇族にのみ与えられる〝加護〟をご存知ですか」

アドラスさんは首を振った。グレイン卿やその家臣たちも、ぽかんとしている。あまり一般的な知識ではないようだ。もちろん、私も知らない。

「加護とは、教会より皇室に生まれる方々のみに与えられる、一種のお守りのようなものです。帝国皇室ではお妃《きさき》様方が御子を身籠《みごも》ると、帝都の聖堂にて胎《はら》に加護を授ける習わしがあります」

礼拝での説教のように、穏やかだがよく通る声で、司教は語る。

「その起源は、かつて古代魔術が栄えた数百年ほど前にまで遡《さかのぼ》ります。当時、世には呪《じゅ》術《じゅつ》と呼ばれる悪しき魔術が広まっており、多くの人々が呪いによって命を奪われました。呪術は人間の魂を直接害する強力な技で、高度な魔術防壁をもってしても、防ぐことはできません。我が国の歴代皇帝や皇子たちの中にも、呪いの犠牲となる方がいらっしゃいました。

そのため生まれたのが加護です。呪いは魂に作用する術。ならば魂そのものを保護してしまえばいい。そう考えた当時の聖職者たちによって、胎児の魂を強める術《じゅつ》が編み出されたのです」

「よく分からないな。そんな術があるなら、胎児ではなく既に生まれている人間に加護をかければいいだろう」

アドラスさんがもっともな疑問を投げかけるが、司教は首を振る。

「すでに成熟した人間の魂は、複雑かつ多様な構造をしており、加護を上手《うま》くかけられないのです。ですが、まだ魂を形成する段階の胎児であれば、加護は問題なく馴染《なじ》みます。そうして聖なる外殻を得た魂は、呪いなど容易《たやす》く撥《は》ね除《の》けるほど強靭《きょうじん》なものへと変化するのです。

呪術が廃れたのち、加護も存在意義をほぼ失いましたが、今も胎児への加護奉呈は帝国皇室にて行われております。奉呈はその年の宮殿祭儀長が取り仕切るのが通例です」

「それがなんだと言うのです。アドラスの真偽と、その加護とやらにどんな関係があると？」

痺《しび》れを切らしてグレイン卿《きょう》が口を挟んだ。

しかしその疑問こそ待ち構えていたものであるようで、司教は一段と声を張り上げた。

「奉呈の儀の際には、必ず聖紋が胎児の体に刻まれます。通常ですと、紋は加護を授けてから数日ほどで胎児の体に馴染み、出生時には痕《あと》すら残ることはありません。ですが加護を与えた術者の魔力を多量に注ぎ込めば、聖紋は一時的に目視可能になると文献には記載されております」

「それで、俺にその聖紋とやらがあるかどうかを確かめに来たというのか」

「その通りでございます」

と司教は大きく首肯した。

「儀式に必要なものは、すべて揃えております。さあ、神の御前《みまえ》で真実を明らかにしましょう」

そして、笑みを浮かべる。安らかで、優しげで——計算し尽くされた微笑みだった。

「だが先ほどの話では、聖紋とやらを確かめるのに、母親たちの胎に加護をかけた祭儀長の魔力が必要なのだろう。それは一体誰が……」

「私です」

真白く枝のように細い手を、司教は自分の胸に置いた。

「二十年前、クレマ妃の胎に加護を施した祭儀長は、この私です」

古代語が彫り込まれた銀器、聖獣の風切羽、月面鏡、そして聖水が張られた杯——滅多にお目にかかれない希少な祭具の数々が、司教御付きの修道士たちの手によって、教会内に設置されていく。その様を、グレイン領の人々は固唾《かたず》を呑《の》んで見守っていた。

私はこっそり祭壇に近づいて、玉虫色の杯を覗《のぞ》き込む。

……確かに、これは聖水だ。かつて見た錬成薬など比べ物にならないほど純度の高い魔力が、朝霧のように水面から溢《あふ》れ漂っている。

濃縮された高容量の魔力は、常人の目でも観察することが可能だ。おそらくこの場にいる人々の目にも、この聖水は淡く輝いて見えることだろう。

それにしても、一匙《さじ》ぶんですら金塊に匹敵すると言われる聖水を、こんなにたくさん――しかも触媒に使うとは、なんて贅沢《ぜいたく》な儀式なのだろう。他に用意されている祭具だって、それ一つだけで豪邸が建てられてしまうほどの代物ばかり。おそらくこの儀式だけで、地方領主一年ぶんの収入が軽く吹き飛ぶくらいのお金が動いていることだろう。

更に私の背後では、修道士の一人がせっせと祭壇を囲むように陣を描いていた。これも儀式のための準備だろうか。仔細《しさい》は分からないけれど、この大掛かりな陣は……

「儀式が気になるのかい？」

「――っ！」

不意に甘やかな囁《ささや》きが耳朶《じだ》を撫《な》でる。驚いて振り向けば、見知らぬ男性がすぐ真後ろに立っていた。

まだ若い。年齢は二十を超えた程度だろうか。

綺麗《きれい》な容姿をした青年だった。肌は乙女のように真白くて、肩まで伸びた金髪には、跳ね毛一本見当たらない。顔立ちもほんのり中性的で優しげである。けれども垂れ目がちな瞳《ひとみ》に浮かぶ笑みは、どことなく軽薄な色をしていた。

「安心しなよ。持ち込まれた祭具は全て本物だし、細工もされていない。その聖水も、混ぜ物なしの本物さ」

青年は得意げに語り出す。その口調も、見た目通りに軽やかだ。

「あ、だからって飲んじゃだめだよ？　飲むと普通の人は、魔力酔いして世界が上下逆さまにひっくり返っちゃうからね」

「……あの、どちら様ですか」

口ぶりからして、帝都から来た教会側の人間なのだろう。だが、聖職者にも見えなかった。服装が違うし、修道士たちが忙《せわ》しなく儀式の準備をしている横で、青年だけはのんびり優雅に構えているから。

「ボク？　ボクはベルタ・ベイルーシュ。知らない？　あのベイルーシュ家の若君さ」

ベイルーシュという家名は知らないし、若君を自称する人物と遭遇するのも初めてのことだった。だがここで「知りません」と味気ない返事をするのも無作法かと思い、

「まあ、ベイルーシュ」と驚いたふりをしておく。

「はじめまして、私はヴィーと申します。ごめんなさい、勝手に祭具に近づいてしまって」

「ああ、謝らないで。ボクは教会の人間ってわけじゃないんだ。ただ君が祭具に興味津々な様子だったから、声をかけただけさ」

やはり、聖職者ではなかったか。となると、尚更《なおさら》この人物が何者なのか気になる。

「教会の方、ではないのですね。ではどうしてこの地にいらしたのですか？」

「ボクは帝国議会の議員でね。この儀式を教会に依頼するにあたり、議会側の見届け人として派遣されたんだ」

「それは大役ですね。そもそも議会はどうして――」

「だけど本当は、これは君に巡り会うための運命だったのかもしれない」

芝居がかった台詞《せりふ》で、こちらの言葉を遮られる。

どう返答したものかと考えあぐねていると、その隙に彼は滑らかな動作で私の手を取り、花弁を包みこむように優しく握った。顔も無遠慮なほど、ぐいと近づけられる。

「あの、ベイルーシュ卿。顔が近いです」

「こうした方が君の顔が良く見えるんだ。ああ、美しい人。見届け人なんて、とんだ貧乏くじを引かされたと思ったけれど、まさか東部の辺境で君みたいな女性と巡り会えるなんて。さあどうか、ボクのことはベルタと呼んで」

「はあ」

教会でこの人は、何をやっているのだろう。

変な人に絡まれてしまった。困って周囲を見回すと、司教と話すアドラスさんと目が合う。彼は私に気づくと眉間《みけん》に皺《しわ》を刻み、こちらに大股《おおまた》で歩み寄ってきた。

「失礼、俺の客人に何か御用か」

アドラスさんは私の隣に立つと、頭一つ高い場所からベルタさんをむん、と見下ろす。

「……これはアドラス殿」

ベルタさんは薄笑いを浮かべ、わざとらしく肩を竦《すく》めた。

「おっと、彼女は貴殿の関係者だったのか。でもご安心を。ボクたちは、ちょっとした世間話をしていただけですよ」

「……」

アドラスさんは無言で視線を下げた。そこには、私の手を包むベルタさんの右手。

ベルタさんはまたも「おっと」と言って、慌てて手を引っ込めた。

「これはあれさ。ちょっとした握手さ。ねえ、ヴィーちゃん？」

「そうだったんですか」

「さあ、そろそろ儀式の準備が整うみたいだよ？　ボクも司教たちのお手伝いをしてみたりしなかったり」

意味のない台詞を口にしながら、ベルタさんはステップを踏むようにしてその場を離れる。彼の背中は、たちまち修道士たちのあいだに紛れて消えるのだった。

「なんだあれは」

「帝国議会から派遣された、儀式の見届け人だそうです」

「見届け人？　あれが？」

アドラスさんは眉《まゆ》を寄せた。だがすぐに、声を低くして私に言う。

「とにかく気をつけろ。君はどうも、面倒ごとを引き寄せる体質らしいから」

アドラスさんには言われたくなかったけれど。言い聞かせる声が真剣だったので、私は大人しくうなずいた。

「それでは、始めます」

祭壇の上に立ち、司教は一度、全体を見回した。

私はリコくんと祭壇から少し離れた壁際に立ち、儀式の成り行きを静かに見守る。

リコくんは瞬《まばた》きするのも忘れて、司教の前に佇《たたず》むアドラスさんを、食い入るように見つめていた。

司教が詠唱を開始する。その声に呼応して、周囲を揺蕩《たゆた》う魔力が増幅され、幾重にも波を重ねながら、大きなうねりとなっていく。うねりは司教の魔力と絡み合い、勢いを増して、激しい飛沫《しぶき》を撒《ま》き散らした。

――その瞬間。魔力の暴流が、アドラスさんの体にどっと流れ込む。

「……！」

波に飲まれる彼の姿に、思わず息が止まった。

「おや？　どうかしたのかい？」

いつの間に近づいてきたのか、隣にはベルタさんがいた。だけど今は反応している余裕もなくて、彼の問いかけを黙殺する。

怒濤《どとう》のごとき魔力が、アドラスさんの体に叩《たた》きつけられていく。それと同時に、彼の体の内に強く燃え盛るような光が灯《とも》るのが視えた。

「……む」

アドラスさんが、小さく声を漏らして胸元を覗《のぞ》き込んだ。――そして、シャツを引き裂かん勢いでボタンを外し、左胸を露《あら》わにする。

白光が、皮膚を透かして淡く瞬いていた。やがて光は鮮明になり、蕾《つぼみ》が花開くように線を描き始める。そうして現れたのは、花弁が連なるような紋様。

それは明らかに魔力で輝いていたが、私以外の人々の目にもはっきりと見えているようだった。人々は声もあげず、ただただアドラスさんの胸元を凝視している。

「……そんな」

張り詰めた空気のなか、沈黙を打ち破ったのは、壇上にいる司教だった。

「では、あなたが――いや、だが……」

驚愕《きょうがく》で顔を凍りつかせ、喘《あえ》ぐように肩を上下させる。続く言葉が声にならないようで、彼はしばらくアドラスさんを見つめていたが、一度大きく頭を振ると胸に手を置き、その場に跪《ひざまず》いた。

「エ……エミリオ、皇子殿下。よくぞご無事でいらっしゃいました」

「な――」

アドラスさんは絶句し、何度も自分の胸元と司教を見比べた。

「これが、そうだと言うのか」

「はい、確かに。その紋様は、加護の印で間違いありません」

司教は顔を伏したまま、震える声でそう答えた。

「馬鹿な、あり得ない」

アドラスさんは振り返って、答えを求めるように周囲を見回す。

「そもそも、この儀式に正当性はあるのか。こんな胸を光らせるくらい、魔術でいくらでも可能だろう。この程度では――」

「さっきも言ったけど、これは帝国議会の承認を受けて行われた〝公式調査〟だよ」

緊張で乾いた空気のなか、軽い声を挟んだのはベルタさんだった。彼は人々の間をすり抜け祭壇の前に立つと、懐から一本の書簡を抜き出した。

「ここに、議会の臨時決議を証明する書類がある。中にはきちんと、『この儀で得られた結果は全て、事実として記録する』と記載されているよ。それでも一応、不正がないかを確かめるためにボクがいるのだけど……ああでも、その様子じゃ納得してくれそうにないね」

戸惑うアドラスさんの顔を見て、困ったなあ、とわざとらしくつぶやく。次に名案を思いついたように、ベルタさんはポンと手を打った。

「そうだ。今の儀式がデタラメなものだったかどうか、君が信用できる人物に聞いてみればいいじゃないか」

「信用できる人物、だと」

「例えば――」

ベルタさんは、唐突に私の方へ顔を向けた。彼の視線に晒《さら》されて、体が釘《くぎ》を打たれたように動かなくなる。

「物見の聖女、ヴィクトリア・マルカム様」

「……っ」

「魔力が視えるあなたなら、今の儀式を誰より仔細《しさい》に観察することができたはずだ。さて、いかがでしたか？　魔力の流れは？　各触媒の効果は？　エミリオ殿下の体に現れた紋章の真偽は？」

「それ、は……」

久方ぶりに呼ばれた本名を、受け流すことができなかった。

私の動揺は周囲へと伝播《でんぱ》していき、人々は「聖女？」「どういうことだ」と口々に疑問を浮かべ始める。

広がる戸惑いを決定的にするように、ベルタさんは朗々と名乗りを上げた。

「改めまして、ボクはベルタ・ベイルーシュ。ベイルーシュ侯爵家家長にして、帝国議会監察官を務める者です。この度はアウレスタ神殿より、グレイン領へと拉致された聖女ヴィクトリアの速やかなる返還要請があり、御身をお救いすべくこの地に馳《は》せ参じました。

……ああ、ヴィクトリア様。お一人で見知らぬ土地に囚《とら》われ、さぞかしご不安だったことでしょう。ですがご安心ください。このベルタ・ベイルーシュが、あなた様を全力でお守りいたします」

わざとらしい口上を終えたあと、ベルタさんは私の手を恭《うやうや》しくも強引に引き寄せた。

抵抗を試みるが、強い力で摑《つか》まれ振りほどけない。そのまま私も、祭壇の前へと立たされる。

「待て！　彼女は——」

アドラスさんはこちらへと足を進めようとする。しかし進路を阻むように、周囲に控

えていた修道士たちが彼を取り囲んだ。

アドラスさんは、目前の修道士たちを睨《ね》めつける。

「道を空けろ。邪魔をするな」

「エミリオ殿下。どうぞお下がりください」

赤毛の修道士が、平坦《へいたん》な声で答えた。

「あなた様のことは、帝都へお連れするよう議会より指示されております。ご心配なさ

らずとも、聖女様もご一緒です」

「帝都へ連れて行く？　何を勝手なことを。なぜ俺が貴殿らの都合に従わなければなら

んのだ」

「その通りだ！」

アドラスさんに賛同の声をあげたのは、グレイン卿《きょう》だった。彼は歓喜と怒りが混じり

合った顔で、力強く叫んだ。

「さんざ殿下を偽物と罵《ののし》っておきながら、真の皇子と分かったとたん、帝都へ連れてい

くだと？　貴様ら薄汚い中央の連中が考えることは分かっている。殿下の正統性が公に

なる前に、その存在を抹消せんとしているのだろう！」

「そのような指示は受けておりません。ただ、帝国議会は一刻も早い事態の沈静化を望んでおり――」

「東部の同胞たちよ！」

相手の言葉を遮り、グレイン卿は声高く呼びかけた。

「光り輝く加護の印を、皆も見たであろう。今こそ団結する時だ！　我欲に溺《おぼ》れた中央の人間から、エミリオ殿下をお守りするのだ！」

「おお！」

これまで教会内で事の成り行きを見守っていた兵たちが、戦意に満ちた声で応じ、武器を構えて前へと進んだ。彼らは祭壇の周囲を取り囲むように展開し、手にした刃《やいば》の切っ先を修道士たちへと突きつける。

少数の修道士たち、そして東部の戦士たちが、神の庭で睨《にら》み合った。

数だけ見るなら、修道士側が圧倒的に不利である。兵士たちもすっかり余裕の表情で、警戒もなく距離を詰めようとしていた。それなのに、修道士たちに怖気《おじけ》づく様子は微塵《みじん》もない。

……そこでふと、私は視界の端で、魔力の密度が高まりゆくことに気がついた。

一部の修道士が、臨戦態勢に入ったのだ。彼らは兵士たちに気取られぬよう、杖《つえ》も使わず無音で詠唱を開始している。術の練度と魔力の量からして、この人たちが相当な手《て》練《だ》れだということはすぐに分かった。

「待って！　ここで戦ってはだめ！」

咄嗟《とっさ》にそう叫ぶ。こんなに人間が密集した場所で攻性魔術を使えば、大きな被害が生じてしまう。黙って見過ごすわけにはいかない。

更に私は、武器を構える東部の兵士たちにも呼びかけた。

「あなた方は、神の御前《みまえ》で血を流すつもりですか！　今すぐ武器を降ろしなさい！」

しかし、私の声が聞き届けられることはない。

尚《なお》も修道士たちは、無音のまま術式を広げて行く。そしてとうとう、一人の術式が組み上がった。敵意を込めた魔力の光が、今にも弾《はじ》けそうに瞬いている。

――だめだ。とにかくこの状況では、誰の血が流れても取り返しのつかないことになる。戦いを始めさせてはいけない。

瞬間、リコくんと視線が合う。彼は私の思いを察したようにうなずくと、兵の間をすり抜けこちらに駆け寄り、ベルタさんの脛《すね》を強く蹴《け》りつけた。

「あだぁ！」

痛恨の一撃を喰《く》らったベルタさんは、大音量の悲鳴を上げて私から手を離す。

体が自由になるや否や、私はベルタさんを力任せに押しのけ、前へと駆け出した。そして今にも術を発動せんとする、修道士の腕を摑《つか》む。

「何を！」

修道士が驚きの声をあげる。と同時に、彼の手から閃光《せんこう》を伴って、攻性魔術が矢のように放たれた。

東部の兵たちに向けられていた指先は、すんでのところで向きを変える。発動された魔術は衝撃音を響かせながら、石材の天井を深く抉《えぐ》った。破砕された石は飛び散り、粉《ふん》塵《じん》が霧雨《きりさめ》のように兵士たちの頭上へ降り注ぐ。突如行われた破壊に、東部の人々はあんぐりと口を開けて天井を見上げた。

だがこれで終わりではない。怪我人がいないことを寸刻の間に確認すると、私は続けざまに鋭い声を発した。

「そこの黒髪の修道士、あなたも今すぐ詠唱を止めなさい！　司教の隣にいるあなたもです！」

次々に魔力を練り上げている修道士たちを指差すと、彼らはぎくりとして手を止めた。

しかしまだ、濃厚な魔力の気配がある。

薔薇《ばら》窓の方を見上げると、赤い狼の姿をとった精霊らしきモノが、壁に張りつくようにしながら飢えた目つきでこちらを見下ろしていた。この修道士たちの中には、精霊を操る者もいるのか。

「そこの精霊も、私には視えています！　放った術師は、いますぐ精霊を戻しなさい！」

「……」

狼が威嚇するように、黄ばんだ牙《きば》を剝《む》き出しにする。怯《ひる》まず睨み返してやれば、狼はひとつ遠吠《とおぼ》えをあげて、霧のように薄れて消えるのだった。

そうしてやっと、私の視界は平穏となる。周囲に視線を巡らせても、不穏な魔力を練り上げる人物はいない。

「物見の、聖女……」

魔術の先制を見破られた修道士たちは、茫然《ぼうぜん》とつぶやく。状況を理解できない東部の人々は、私を奇異の目で眺めていた。

「脛蹴《すねげ》りした上に突き飛ばすなんてひどいなあ。それに、精霊……？」

文句をぶつぶつ垂れながら、ベルタさんが立ち上がる。その言葉を聞き流して、私はグレイン卿に語りかけた。

「グレイン卿。この方々は、教会の聖職者ではありません。おそらくは、訓練を受けた手練れの魔術師であると考えられます」

否定の言葉は挟まれない。私の推測は、間違っていないようだ。

「魔術師相手では、あなた方に勝ち目はありません。今すぐ武器を収めて、彼らの指示に従うことをお勧めします」

「愚かなことを。ここは我らの本拠だぞ。外にも兵は大勢いるのだ。この程度の人数、すぐに――」

「先ほどの魔術をご覧になったでしょう。あれを逃げ場のない室内で、人に向けて発動されたら、一溜《た》まりもありませんよ」

私の発言に、粉塵《ふんじん》を浴びた兵士たちが明らかに動揺した。
当たり前だ。彼らはひ弱な聖職者が相手だと思って、魔術に対する備えもしていないのだから。

兵たちの前ではっきりと不利を突きつけられ、グレイン卿は悔しげに唇を噛《か》む。しかし一人で立ち向かう蛮勇はないようで、彼はその場に縫い止められたように立ち尽くした。

「みなさん、とにかく一度落ち着きましょう。ここで争ったところで、両者に利得などないはずです。アドラスさんは……」

ようやく戦いの気配が収まったと思い、私は修道士たちから目を離した。だが足元に魔力の光が再び灯《とも》る。光は一瞬で祭壇の周囲に広がって、上に立つ私たちを包み込んだ。

私ははたと思い出す。……これは修道士の一人が、儀式の準備の際に描いていた陣ではないか。

振り返れば、その修道士が私の目を盗み、魔力を陣に注ぎ込んでいた。

「一体何をするつもりですか！　これ以上は」

「ご安心ください」

背後から肩を掴まれる。近くにいた修道女が、宥《なだ》めるように小声で囁《ささや》いた。

「こちらは転移陣です。これより御身を州軍駐屯地までお連れします。動いては危険ですので、今しばらくご辛抱を」

「転移陣？　どうしてそんなものを……」

答えはない。そうする間にも魔力は広がり、転移は始まりゆく。体は希釈されたように薄まり透かされ、光と同化していく。

見ればアドラスさんも、複数の修道士たちに取り囲まれて転移陣の上にいた。ちゃっかり陣の上に立つ、ベルタさんの姿もある。

その様を見て、疑問だらけの頭がすとんと整った。なんてことはない。彼らははじめから、アドラスさんや私を連れ去るつもりでいたのだ。しかし、なぜ――

その時。私の脇を、一人の人物がさっと横切った。その人は陣の外に転がり出て、声を張り上げた。

「わ、私は、グレイン領に留《とど》まります！」

必死な主張と共に、白の法衣が揺れる。陣を飛び出したのは、ラウザ司教だった。

「抵抗はしません！　グレイン卿《きょう》、あなたに我が身を委ねましょう！」

司教は兵士たちの隊列に、救いを求めるように歩み寄る。彼を咎《とが》めたのは、私を摑《つか》む修道女だった。

「司教、何をおっしゃるのですか！　この地に留まっては、安全は保証できません。さあ、お戻りください！」

「あなた方だけで戻れば良い。わ、私は残る！」

司教は頑《かたく》なにそう返し、とうとうグレイン卿の隣に立つ。

事態を飲み込めない顔で、グレイン卿は司教と修道女を何度も交互に見やったが、やがて勝機を取り戻したかのようにほくそ笑んだ。

「良いでしょう。司教、あなたの身柄は我々がお預かりします。……さて、他の方々はどうなさるおつもりかな」

「……」

修道士たちが、戸惑いを浮かべて修道女を見つめる。彼女が指揮官らしい。

修道女は逡巡《しゅんじゅん》していたが、やがて転移陣を発動せんとしていた修道士に目配せした。

「作戦中止だ。転移を止めろ」

第五話

磨き上げられた廊下を、一人の男が荒々しい足取りで進んでいる。

背筋は伸び、歩く姿は堂々としている。衣服は細やかな装飾が施された高級品だ。まさに輝かんばかりの美青年であったが、その表情には子供のような癇癪《かんしゃく》が秘められており、触れれば今にも弾《はじ》けてしまいそうな危うさがあった。

男の名はフェルナンド。この国の皇子であり、第十位帝位継承権保持者である。

彼の前途は洋々としているはずだった。

候補者の中で最も若いが、血筋の良さは随一である。祖父の支持者も資金も多い。実績は他候補者よりやや劣るが、それは彼がまだ年若く、経験が浅いからだ。

あと数年もすれば、彼が次なる皇帝として玉座に座ることも、決して夢物語ではなくなるだろう。

――そう、考えていたのに。

「お祖父《じい》様！」

呼びかけと同時に、扉を力任せに開け放つ。

フェルナンドが向かった先は、アルノーズ家邸宅の執務室。彼の祖父の部屋だ。室内では侯爵とその部下が、顔を寄せ合い小声で何やら言葉を交わしていた。

本来ならば遠慮をすべき場面だが、激情に駆られたフェルナンドに気を配る余裕はない。彼は部屋の中に踏み入ると、祖父の執務机を両手で叩《たた》き、感情任せにまくしたてた。

「お祖父様、あれはどういうことですか！　あの野良犬に加護が認められたとの報告を受けましたが！」

「……」

すぐに答えは返ってこなかった。侯爵は一瞬、路傍の石を見下ろすようにフェルナンドを見据えた。その冷淡な視線に、フェルナンドはたじろぐ。

だがやがて、侯爵の顔にいつもの『孫には甘い祖父』の笑みが取り戻された。彼は鋭い瞳《ひとみ》を細めると、おおらかな態度で孫を窘《たしな》めた。

「おお、フェルナンド。いきなり部屋に入ってくるとは感心しないな。お前はこの国の皇帝となる男なのだ。余裕のない振る舞いを他人に見せてはならないぞ」

「え、ええ。申し訳ございません」

祖父が垣間《かいま》見せた冷酷な表情に、怯《ひる》んだフェルナンドはこくこくとうなずく。しかし今がのっぴきならない事態になっていることを思い出し、彼は再び声を荒らげた。

「それより、加護の件は。あの男に加護があったという話は事実なのですか！」

「……ああ。間違いないと、現地の者より連絡があった」

侯爵は重々しくうなずく。二人のやりとりを見ていた部下ナディアスも、壁際に移動しながら青褪《あおざ》めた顔をさっと伏せた。

「そんな……だから、悪手だと言ったのに！　なにが『あの男に加護などあるはずがない』ですか。その言葉を信じ、諸侯を説き伏せ司教を向かわせたというのに、これではあの野良犬の血統を知らしめる手伝いをしただけではないですか！」

「こうなるとは私も司教も予想していなかったのだ。他意はないのだ、許しておくれ」

「許す、許さないの問題ではありません！　なぜ、正規の儀式を行ったのです。司教にはでたらめな手順でも踏ませて、『やはり加護はなかった』とすればそれで済んだ話だったのに！」

「そうも行かないのだ、フェルナンド。皇帝陛下の不調を受けて、既に各所は継承選への準備を開始している。教会内部とて、私も全てを掌握できているわけではない。他候補者を密《ひそ》かに支援する聖職者も、幾人かいるようだと聞いている」

フェルナンドは眉《まゆ》を上げた。

それは初耳だった。侯爵家は血族から数多くの高位聖職者を輩出しており、帝国教会と最も密な関係にある貴族と言っても過言ではない。

教会への献金も、他貴族が真似できないほどの額を注ぎ込んできた。それなのに他の候補者に肩入れするとは、この国の聖職者どもは何と強欲で恩知らずなのか。

「我々がでたらめな儀を行わせたと知られれば、必ずそこを突かれたことだろう。儀については、不正を働くわけにはいかなかったのだ」

「ならば尚更《なおさら》、儀など行わなければよかったのに……」

結局話題はそこに立ち戻り、フェルナンドは悔しげに歯を食いしばった。

「あの男が田舎でのうのうと暮らしているあいだ、この帝都で皇族としての務めを果たしてきたのは、この私です。それなのに、先に生まれたからという理由だけで、なぜ継承権を譲ってやらねばならぬというのか！　しかも、心ない連中は『侯爵家に命を狙われたから、クレマ妃は子供を王宮の外に逃したのだ』などと噂しております。このままでは、我々は卑しい女の子供に継承権を奪われた挙句、暗殺を企てたという汚名まで着せられかねません！　やはりあの男はさっさと処分すべきでした！」

「フェルナンド」

顔を赤くして、幼子のように感情的にがなりたてる孫へ、侯爵は静かに呼びかけた。長い年月を経た老貴族の顔には、孫にはない老獪《ろうかい》な色が染み付いていた。

「そう心配する必要はない。確かにあの男は皇帝陛下の十人目の子供、エミリオかもしれない。だが奴を皇子として迎え入れれば、東部の田舎者どもがますます勢いづくだろう。他の候補者も、各地方の貴族たちも、それは避けたいはずだ」

「そう……でしょうか」

「まだ手はある。要は、あの男が皇帝に相応《ふさわ》しくない人間であると、皆に示してやればよいのだ。そうすれば、お前の継承権は揺るぎないものとなる」

「示す？　それはどうやって」

「まあ私に任せなさい。見ていれば、そのうち分かるはずだ」

暗に詮索《せんさく》を禁ずるように、そこで侯爵は会話を切る。まだ言いたいことは数あれど、フェルナンドはそれ以上祖父を追及することはできなかった。

「器が足りんな」

孫がとぼとぼと通り抜けていった扉を見つめながら、侯爵は苦々しげにつぶやいた。

「あれの尻《しり》を持ち上げて、玉座に座らせねばならんと思うと気が重い。愚かなぶん、傀儡《かいらい》にするには悪くない素材だが」

上辺の愛情を一切削《そ》ぎ落とした主人のつぶやきを聞いて、ナディアスは恐る恐る声を絞り出した。

「本当に、よろしいのですか？　この事実が公になれば、いかに侯爵家といえども、ただではすみません。それに、あのアドラスという青年は――」

「我々は既に後戻りできないところまで来ている」

侯爵は問答無用と言いたげに、部下の言葉を遮った。

「あらゆる手を尽くして、ようやく玉座に手の届く場所までたどり着くことができた。ここまで来て、いまさら後には退《ひ》けぬ。これが唯一残された道なのだ。私は、フェルナンドを皇帝にするぞ」

「……は」

ナディアスは深々と頭《こうべ》を垂れた。

そうだ。もう後には退けない。

たとえこの先、帝国皇室そのものを瓦解《がかい》させる大罪を犯すことになっても、彼らは前に進むしかない。立ち止まり、振り返った先にあるのは破滅の奈落《ならく》だ。

生き残る道はただ一つ。そのためには、情も倫理も捨てねばなるまい。

教会での一件のあと、私やアドラスさん、司教たちは、揃って領主邸へと連行された。

そして押し込められたのは、来客用の一室。以前宛てがわれた客室よりも遥《はる》かに広く、暖炉もあって贅沢《ぜいたく》な部屋ではあったが、窓は固く塞《ふさ》がれていて、扉の外も大勢の兵士に監視されている。

おまけに部屋に揃うのは、ラウザ司教、ベルタさん、私、リコくんという珍妙な取り合わせの面子である。リコくんは「どうして僕がここに」と漏らしながら、長椅子に腰掛ける私の横で、居心地悪そうに直立していた。

アドラスさんはここにはいない。きっと彼は今頃、グレイン卿《きょう》や東部貴族たちに囲まれていることだろう。

「すごいねぇ。宗派は異なれど、同じ神に仕える聖女と司教が同じ空間にいるなんて、そうそうないことだよ。もしかしたら今この瞬間、この部屋が世界で一番神聖なんじゃない？」

なんとも無意味な発言をするのはベルタさんである。彼はゆるりと長椅子に埋もれながら、

「もうボク浄化されちゃいそうだよ。アウル神万歳。これなら、東方の野蛮な人たちにうっかり殺されちゃっても、神のお膝元《ひざもと》へ一直線だね」

と言って、ワインをくいっと一気に呷《あお》った。

嫌味っぽい言葉の矛先は、彼の隣に座るラウザ司教である。司教はこの部屋に通されてからというもの、ほとんど声を発さず、長椅子に腰掛け小さく震えていた。ベルタさんの嫌味も、まるで耳に届いていないようだ。

当初の穏やかながら威厳のある佇《たたず》まいはすっかりたち消えており、今の彼は処分に怯《おび》えて戦慄《わなな》く老ヤギのよう。自ら残留を決めたというのに、この怯え方は少し異常に感じられた。

「あなた方は、一体何をしようとしていたのです」

思い切って訊《たず》ねると、ベルタさんが顔を上げた。

「何って？　それはもちろん、囚《とら》われの君を助けようとしたのさ」

ぱちん、とウィンクが飛んでくるが、それをひらりと横に躱《かわ》す。

「そんな建前は結構です。私が追放処分を言い渡され、自らの意思でアドラスさんと逃亡したことはご存知なのでしょう。それなのに、あなたはあえて私を『囚われた聖女』として扱おうとした。そこに、何か意図があるように感じられるのですが」

そう言いながら、司教に視線を移す。

「ラウザ司教。あなたも、ただアドラスさんに加護があるかどうかを確かめに来たわけではありませんね。あなたが連れていた修道士たちは何者ですか」

司教は一時的に震えを止め、顔を上げた。しかし「それは……私は……」とはっきりしない言葉を繰り返すばかりで、答えらしい答えをくれない。

片やベルタさんは、うっすら目を細めて司教と私を観察していた。そしてやれやれと肩を竦《すく》めると、鷹揚《おうよう》に足を組み直した。

「……いいよいいよ、ボクが教えてあげよう。いまさら隠しても意味がないからね」

ずいぶん口が軽い。しかし今は情報が欲しいので、私は黙ってベルタさんの言葉に耳を傾けた。

「まず、司教のお供たちの正体だけど。ヴィーちゃんの指摘の通り、彼らは教会の修道士ではなく、れっきとした軍人……それも選《よ》りすぐりの魔術師たちさ」

やっぱり。あの偽修道士たちの動きは、明らかに訓練されたものだった。

戦地に赴くこともあるアウレスタ神殿とは違い、普通の宗教組織にあんな武闘派が大勢いるはずがないのだ。

「今回、あまりにエミリオ皇子の騒ぎが大きくなりすぎて、帝国議会内でも彼の真偽を確かめるべきだという意見が多く挙がるようになってね。それで、あの加護の儀が行われることになったんだけど……。中央への反発を強めている東部に、老いた司教様を送り込むなんて、あまりに危険だろう？　だけど、司教様の周囲を屈強な武官ばかりで固めていたら、東部の人たちが警戒して、アドラスくんと引き合わせてくれなくなる可能性がある」

「だから軍人に修道士のふりをさせて同行させた、と」

「ま、君に見破られちゃったんだけどね」

見破るというか、視えただけだけど。私には、それしかできない。

「そして彼らには、司教護衛の他にもある任務が課されていた。『加護の確認が終了したのちは、その真偽にかかわらず、アドラスを速やかに王都へ移送せよ』――ってね」

「どういうことだ、それ」

アドラスさんの名前が出て、リコくんは幼い顔に鋭い影を落とした。

「だって、彼が東部の手中にあるかぎり、話は延々とこじれちゃうだろう。だからさっさと話に決着をつけるため、本物なら連合拡大阻止のため彼を手元に確保する、偽物なら皇子を騙《かた》り反乱を企てた首謀者という名目で捕縛する。そういう方針が打ち立てられたわけだよ。とても合理的な判断だと思うけど？」

「なんて身勝手な！　アドラス様がどんな気持ちで自分の出生の秘密を解き明かそうと

していたと思っているんだ！」

リコくんが声を荒らげる。私は咄嗟《とっさ》に彼の手を摑《つか》んだ。

怒りを必死に抑え込んでいるのだろう。リコくんはベルタさんに摑《つか》みかかるようなことはしなかったけど、小柄な体はぶるぶると震えていた。

「確かに、アドラスくんには酷な話だと思うけどさ」

大して同情している様子もなく、ベルタさんは空になったグラスに再びワインを注ぎ始める。

「この方法なら、アドラスくんの出生がどうであれ、東部と中央、双方の被害を最小限に食い止めることができるはずだったんだよ。誰かさんが転移発動直前に陣の上から降りちゃったせいで、計画が全てパァになったけどね」

嫌味を口にしながら、ベルタさんは司教を横目で見た。司教はベルタさんの視線から逃れるように身を縮こめて、言い訳をぼそぼそと並べ立てた。

「……わ、私は。正しい行いをしようと思っただけです。神聖なる儀式と聖女を利用して、罪なき青年を連れ去ろうとするなど、あまりに道理から外れています。私が動かなければ、あの場で血が流れていた可能性もありました」

「嘘くさいなあ。本当ですか、それ」

司教は苦々しげにベルタさんを睨《にら》みつける。その表情に、教会で見せた『穏やかで清廉な司教』の影はない。この人にも、色々と裏がありそうだ。

だけど二人のやりとりを聞いたお陰で、少しだけ情報が整理できた。

「私は、あなた方の言い訳に使われる予定だったのですね」

ベルタさんはしきりに、私を「お守りします」と繰り返していた。もちろん、本気でそんなことを口にしていたわけではないだろう。

『囚われていた聖女を守るためだった』と言えば、攻撃を先制する口実になるから……」

「ま、その通りだね」

またしてもベルタさんは、あっさり肯定する。悪びれない彼の態度に、私もさすがにムッとした。

「おっと、そう睨まないでおくれよ。ボクはあくまでこの儀式の見届け人だ。計画の立案者は、ちゃんと他にいる。ねえ、司教様？」

「……」

「その立案者とは、どなたですか」

と、ベルタさんは聞いてほしかったのだろう。彼は待ってましたとばかりに、顔いっぱいに悪い笑みを浮かべた。

「帝国中央議会副議長、オルドア・アルノーズ侯爵さ」

「え……」

その名前は、さすがに予想外だった。

「アルノーズ侯爵って、第十位継承権を持つフェルナンド皇子の祖父にあたる方、ですよね。アドラスさんが皇子であると証明されたら、一番困るのは侯爵の派閥なのでは」

「だよねぇ。それなのに、侯爵は『この不毛な争いに終止符を打つべきだ』なんて言って、議会で強引にこの計画を押し通したんだよ。そしてその結果、アドラスくんの加護がはっきりと証明された」

ベルタさんのねっとりとした語りに、司教は横へ顔を逸《そ》らす。その顔色は、血の気が引いて真っ青になっていた。

「ねえ、ラウザ司教様。あの抜け目ないアルノーズ侯爵が、どうしてこんな空回りをしたのかな？　侯爵と大の仲良しなあなたなら、何か知っているんじゃない？」

侯爵と、大の仲良し。つまり司教は、侯爵の関係者ということか。

司教はベルタさんの指摘にしばらく目と口を大きく開いていたが、

「あなたこそ、あの方の犬でしょうに」

と吐き捨てると、再び貝のように沈黙してしまうのだった。

あの方？　ベルタさんが犬？

まだ厄介な事情が他にもありそうだ。一体どういうことかと、口を挟もうとする。

しかし私の声は、突如響いた人の声にかき消された。

「おい、お前たち何を……ぐ！」

扉のすぐ向こうから、「ぎ！」「うお！」という、野太く短い悲鳴が連続する。次いでがちゃがちゃと扉が揺れ、突然勢い良く開け放たれる。そうして姿を現したのは、アドラスさんと数人の若い兵士たちだった。

「アドラス様！」

「リコ、今は静かに」

駆け寄ろうとするリコくんを制しつつ、アドラスさんは兵士たちと廊下の様子を注意深くうかがう。兵士の中には、以前正門で出会ったフリードさんの姿もあった。

「俺たちはここで見張っておく。アドラス、お前は中へ。あまり時間はないぞ」

気を失った見張りの体を引き摺《ず》りながら、フリードさんが言う。

「分かった」

短くそう返すと、アドラスさんは部屋に入って扉を閉める。そして私とリコくんの顔を交互に覗《のぞ》き込むのだった。

「遅くなってすまん。二人とも、無事か？」

「は……はい！」

たかが半日ぶり程度の再会なのに、胸の奥に絡まっていた、不安の糸が解《ほど》けていくのを感じる。こうした状況で、アドラスさんほど頼りになる人はいない。

「でもアドラスさん、どうやってここに？」

「大したことはしていない。軟禁されていた部屋を抜け出して、フリードたちとここまできただけだ」

いつものアドラスさんだった。ただし今日の彼の顔には、ほんの少し焦りが見えた。

「さて、時間がないので簡潔に話そう。先ほど州軍の正式な使者がやって来て、俺とヴィー、司教の引き渡しを要求してきたそうだ。それを伯父《おじ》上たちが撥《は》ねのけたところ、州軍が街道沿いに一部部隊の展開を開始したらしい」

「そんな……」

「さもありなん、だね」

とベルタさんが口を挟む。

「事実がどうであろうと、外から見たら、東部は『司教と聖女を不当に拘束した』反乱予備軍だ。これだけで、じゅうぶん軍を動かす理由になる。皇帝陛下の勅命がないかぎり、州軍がすぐに攻撃を仕掛けてくることはないだろうけど、最悪、東部はまるごと反逆者として粛清されるかもね」

「伯父上たちもそれくらい分かっている。しかし『義は自分たちにあるのだから、奴らに従う必要はない』と言って聞かなくてな。……その気持ちも分からなくはない。司教が領内に留《とど》まっているのは本人の意思だ。ヴィーについても伯父上たちの知るところではなかったし、教会内で先に手を出してきたのはあの魔術師たちの方だ。それなのに、州軍からは卑劣な反逆者扱いをされているのだからな」

「そんなこと、議会も州軍も構いやしないよ。彼らは東部連合という目障りな集団を叩《たた》き潰《つぶ》す、格好の口実を得たんだから」

「……分かっている。そもそもは、周囲を煽《あお》って連合などという組織を結成し、国から目をつけられるような真似をした伯父上が悪い」

アドラスさんは自分に言い聞かせるようにして、目を閉じた。

「だから俺は、ここを抜け出して州軍に出頭しようと思う」

「そんな！　帝都には、アドラス様の命を狙っている輩《やから》がたくさんいるんですよ！」

真っ先に声を上げたのはリコくんだった。

「さっきその男から話を聞きました。議会はアドラス様のことを、物のようにしか思っていません。そんな連中に身を委ねるなんて危険です」

「だろうな」

当然のことのように、アドラスさんはうなずいた。

「だが、事を穏便に済ませるには、もうこの方法しかない。それに今でこそ東部連合のお偉方は結束しているが、時間が経てば必ず離反者が出るはずだ。そうなれば、州軍に攻め入られなくとも伯父上は破滅するだろう」

「でも……」

「リコ。俺には、返すべき恩義があるんだよ」

アドラスさんが穏やかに言うと、リコくんは口元をぎゅっと結んで悔しげに俯《うつむ》くのだった。

リコくんの気持ちは痛いほどよく分かる。アドラスさんがグレイン卿《きょう》を大事に思うように、またリコくんもアドラスさんのことを大切に思っているのだから。

「うんうん、ボクはそれがいいと思うよ」

空気を読まずにベルタさんが大きくうなずいた。

「名目上、東部連合の首領であるアドラスくんが軍に投降したなら、州軍は東部を攻撃する理由を失うからね。連合も全くのお咎《とが》めなしとはいかないかもだけど、まあ領地一部没収くらいで手を打ってくれるんじゃない？」

「──ベルタと言ったか」

尚《なお》も長椅子に悠々と腰掛けるベルタさんを、アドラスさんがまっすぐ見据えた。

「取引をしないか。俺はこれから州軍の駐屯地へ向かう。もしこちらの要求を飲んでくれるなら、その際に貴殿もお送りしよう」

「あ、それはいいアイディアだね。ぜひお願いするよ。……で、対価はなんだい？」

「リコとヴィーの、身柄の保証だ」

思わぬ発言に、一瞬声が出なかった。この人は、この状況でそんなことを気にかけているのか。

「特にヴィーは、神殿に引き渡せばどんな処遇を受けるか分かったものではない。彼女が今後も安全に過ごせるよう、取り計らってくれないか」

ベルタさんは、私の名前を聞いて露骨に眉《まゆ》を顰《ひそ》めた。

「そのちびっこくんはともかく、聖女はまずいよ、国際問題だよ。彼女、神殿の政争に負けてここまで逃げてきたんだろ？　その面倒を見るっていうのは無理があって」

「ではそこで、俺の無事を祈っていてくれ」

アドラスさんは、くいっと顎先《あごさき》で長椅子を示した。

「どちらにしても、俺の向かう先は変わらんからな。無理強いするつもりもない。ただし俺の不在中、頭に血が上った伯父上たちがどのような行動を取ったとしても、俺を恨むなよ」

「そ、それはひどいんじゃないかなぁ……」

「アドラスさん、いけません」

我慢できなくなって、私も横から口を挟む。そうすれば、援軍を得たと言わんばかりにベルタさんは顔を輝かせた。

「ほら！　ヴィーちゃんもこう言って――」

「駐屯地へは、アドラスさんとリコくん、司教様の三人で向かうべきです。大勢で行動しては、すぐにグレイン卿に見つかってしまいます」

「え。ちょっと、何を言っているのさヴィーちゃん」

「君を置いていけるわけがないだろう。俺には、君を神殿から連れ出した責任がある」

「懲罰房を出たのは私の意思です。あなたが責任を感じる必要なんてありません」

「いいや。あの時俺は、君を守ると約束しただろう。あの誓いを反故《ほご》にするわけにはいかない」

「でも――」

「ああもう、分かったよ！　その取引乗った！　ヴィーちゃんとリコくんのことはボクに任せたまえ！」

私たちの会話を強引に打ち切るように、ベルタさんは破れかぶれに声をあげた。

「ヴィーちゃんも一緒に来ること！　置いていかれそうになったら、ボクは大声を出して、アドラスくんの逃亡を東部の方々にお知らせしちゃうかもね！」

念押しするように、私に向かってびしりと指をさす。なんとも子供っぽい主張だが、ベルタさんの目は本気だった。

「……というわけだ、ラウザ司教。すでに移動の足は用意してある。あなたのことも、駐屯地までお送りしよう」

ずっと押し黙っていた司教にアドラスさんが声をかける。だけど司教は、ゆるゆると力なく首を横に振った。

「老いた私では、皆さんの足手まといになります。聖女殿がおっしゃっていたように、なるべく少人数、それも動ける人間だけで移動した方が良い。だから、あなた方だけでお行きなさい」

「しかし司教」

「私は、あなたの血統を証明する唯一の存在。グレイン卿も、私を害することは絶対にないでしょう。それに聖職者である私に何かあれば、東部は中央だけでなく、帝国全体を敵に回すことになる。ですから、私がここに残っても害されることはまずないかと」

確かに、聖職者殺しは批判の的になりやすい。司教の発言は、筋が通っているように聞こえた。

ベルタさんは探るような瞳《ひとみ》を司教に向けるけど、何も言わなかった。自身が州軍と確実に合流するためには、司教を置いていくのも一つの手……と考えているのだろうか。

「……分かった」

司教の頑《かたく》なな態度に、説得は無駄だと悟ったようだ。アドラスさんは困ったように頭を掻《か》きながらも、最後はうなずいた。

「四人で駐屯地へ向かう。すぐに出るぞ」


軟禁部屋から抜け出したあと、私たちは屋敷の厩舎《きゅうしゃ》へと向かった。

待ち受けていたのは馬四頭。いずれも軍馬である。

「やはり、もう一度司教に声をかけてくる」

そう言って、アドラスさんは出発直前に司教を説得しに向かったけれど、結局司教は残ると言って聞かなかったらしい。彼は渋い顔で、一人厩舎に戻ってきたのだった。

そして、現在。

闇の中を騎馬が疾走する。月明かりが照らすだけの進路は心許《こころもと》ないが、生い茂る木々を避《よ》けながら、アドラスさんは手綱を器用に操る。

その後ろで彼にしがみつきながら、私はひたすら揺れに耐えていた。

一応、私も馬には乗れる。しかし、廏舎で馬に跨《また》がろうと奮闘する姿をうっかり見られ、「俺の後ろに乗れ」とアドラスさんに命じられてしまったのだ。

「お荷物になるくらいなら、私も残ります」と主張したけれど、耳を貸してはもらえなかった。結局私はひょいと掴《つか》まれ、文字通り荷物のように彼の後ろに乗せられると、騎馬は勝手に走り出したのだった。

進む道は、州軍駐屯地へと続く街道から一つ外れた林道だ。細く視界の悪い道を松明《たいまつ》もなしに走り始めて、それなりの時間が経過している。幸いなことに今のところ追手はないし、このまま誰にも見つからなければ、夜明け前には駐屯地に到着できるだろう。

——そう考えていたから、前方に揺れる松明の灯《あか》りを目にした瞬間、私たちの緊張は一気に高まった。

「……！」

手綱を引いて、アドラスさんは馬の脚を止める。彼の背後から前方を見やれば、思いのほか近くに複数の人影があった。

「武装しているな」

アドラスさんが言う通り、彼らは揃いの鎧《よろい》を着ていた。うち一人は、馬に乗っている。

野盗の類《たぐい》でないことは、乱れなく組まれた隊列を見れば、すぐに分かった。

武装した男たちは私たちの姿を認めると、即座に武器を構えて警告を発する。

「貴様ら、この時間に一体何用か。ここから先は州軍作戦領域であるぞ！」

「州軍の兵みたいだね」

後続のベルタさんとリコくんが、私たちの横で馬を止める。ベルタさんは武人たちの装備と旗をじっと見て、「間違いない」とつぶやいた。

「どうしてここに州軍の兵士が？　駐屯地まではまだ距離があるはずですよね」

「もうこの辺りにまで、兵を広げているのかも。州軍の練度なら、不可能な速さじゃないね」

「だが州軍と合流できるなら好都合だ。ベルタ、頼む」

アドラスさんは、ベルタさんに視線を投げる。ベルタさんは少々面倒くさそうに「仕方ないなあ」とぼやきながら、馬を前方に躍らせた。

兵士たちが一斉に剣を構える。

「君たち、ボクはベルタ・ベイルーシュだ。議会より派遣され、グレイン領に赴いていた帝都議会の議員さ。敵ではないから武器を降ろしてくれないかな？　ほら、これうちの家紋」

そう言って、ベルタさんは外套《がいとう》を留める飾りをちらりと示す。

「ベイルーシュ卿《きょう》？」

と隊長格らしき騎兵が進み出た。

「なんと、ご無事でしたか！ ラウザ司教様と共に、東部の賊軍に囚《とら》われたと聞いておりましたが」

「まあ色々あってね。彼らに逃がしてもらったんだ」

ベルタさんがこちらを振り返る。それに合わせ、兵士たちも私たちに視線を移した。

「この方々は？」

「エミリオ皇子殿下と、物見の聖女様だよ。そっちのちびっこもボクたちの連れさ」

「は……？」

「詳細は語れないが、至急彼らを連れて州総督にお会いしたいんだ。悪いけど、案内してくれないかな？」

兵士たちは面食らっているようだった。それも当然か。彼らからしてみれば、突然敵の総大将が目の前に現れたようなものなのだから。

「ベイルーシュ卿。失礼ですが、そちらの方は本当にエミリオ皇子殿下で間違いないのですね？」

「本当だよ。まあこの場じゃ証明しようがないけど、責任はボクが持つからさ。よろしく頼むよ」

「……承知致しました」

戸惑いを拭《ぬぐ》いきれないいまま、それでも騎兵はうなずいて、アドラスさんに顔を向けた。

「ただし、状況が状況ですので、念のため殿下と従士殿の武具はお預かりします。聖女様も、武器類をお持ちでしたら提出していただきたい。それでよろしいでしょうか」

「問題ない。指示に従おう」

「ご理解いただき感謝します」

騎兵が顎《あご》をしゃくると、三人の歩兵たちがこちらへと駆け寄ってくる。それに合わせて、私たちも馬から降りる。その時、ふと私は違和感を覚えた。

「……アドラスさん」

「どうした」

「どうして彼らはリコくんが従士だと分かったのでしょう。ベルタさんは彼のことを、従士だなんて一言も言っていないのに」

――私の言葉を聞いたアドラスさんが剣の柄《つか》に手をかけたのと、兵士が殺意を露《あら》わにしたのはほぼ同時だった。

兵士の一人が剣を振り抜き、アドラスさんに切っ先を向ける。

いつもなら、ここでアドラスさんは攻撃を軽く躱《かわ》し、素早く反撃に転じていただろう。だけどそうはならなかった。彼は一瞬敵の姿を凝視すると、躊躇《ちゅうちょ》なく刺突を体に受けたのだった。

痛々しい音が耳朶《じだ》を打つと共に、私は理解する。アドラスさんは、わざと攻撃を受けたのだ。背後にいた、私に剣が届かぬように。

「くっ……！」

痛みを堪《こら》えるように息を止めて、アドラスさんは踏みとどまる。そして、兵が彼の腹から剣を引き抜くより早く、腰元の剣を抜き払った。

一閃《いっせん》が兵の喉元《のどもと》に走る。

短い悲鳴と、肉を断つ音。二つが薄闇を引き裂いて、兵士は前のめりに倒れる。それと共に、アドラスさんの体から、ずるりと剣が抜け落ちた。

濃厚な血のにおいが、鼻先に漂ってくる。これは倒れた兵のものか、それともアドラスさんのものか。

「お前たち……軍の人間ではないな」

アドラスさんは、周囲の兵士たちを睨《にら》みながら、剣を前に構える。

一方、残りの兵士たちは、倒れた仲間に何の感慨も見せず、次々と剣を鞘《さや》から抜いた。

「仕留め損ねたか。ぬかったな」

慇懃《いんぎん》な態度をあっさり崩して、騎兵が吐き捨てる。

「だが目標は手負いになった。そのまま囲め」

騎兵の指示に他の兵たちは静かにうなずき、じりじりと距離を詰め始めた。

「アドラスさ――」

「リコ！　二人を連れて逃げろ！」

駆け寄ろうとした私を制するように、アドラスさんが一喝する。

その時、幸か不幸か、天上の月を暗雲が覆い隠した。月光は遮られ、青白い薄闇が墨のような黒に沈む。地を踏みしめる音と鉄のこすれる音だけが、五感に強く響いた。

とっさに私は、魔力の感知に集中した。なけなしの魔力を振り絞って瞳《ひとみ》に集中させると、人々が纏《まと》うわずかな魔の色が、視界にぼんやりと浮かび上がる。

暗転した視界に戸惑って、複数の人影が足を止めているようだった。そこに迫るは、アドラスさんである。

彼は獲物を狙う獣のように姿勢を低くして、大きく剣を横に振った。放たれた一撃は旋風となって、二人の兵士の下肢を切り裂く。

兵士たちは悲鳴をあげて後ろに倒れた。その横から別の兵が現れ、屈《かが》むアドラスさんに剣を振り下ろす。

アドラスさんは辛《かろ》うじて頭上からの一撃を剣でいなしたが、勢いに競り負け地面に倒された。そこに容赦なく二の太刀《たち》、三の太刀と追撃が加えられる。

地面を転がるようにそれらを躱し、時に剣で受け止め、アドラスさんは敵から距離をとり――そして吠《ほ》えるような唸《うな》り声と共に立ち上がると、大きく剣を振りかざして、敵の胴を切り裂いた。

切られた兵士が、地面に沈む。そこで初めて、兵士たちの間に動揺が走った。

「ヴィーさん！　聞こえているんですか、ヴィーさん！」

後ろから腕を強く摑《つか》まれて、意識が引き戻される。驚いて振り向くと、リコくんが私の腕を引いていた。

「リコ、くん……」

「突っ立っていないで！　早く逃げますよ！」

「でも、このままじゃアドラスさんが」

アドラスさんに視線を戻す。

彼は剣を振り切った体勢のまま、しばらく骸《むくろ》を見下ろしていたが、唐突にがくりと膝《ひざ》をついた。息は荒く、肩は上下している。右手は柄を握ったまま、左手は腹部に添えられていた。

はじめに食らった一撃が、彼の体に響いているのだ。——私のせいで、避けきれなかった攻撃が。

痛みに足を止めたアドラスさんを見て、兵たちの挙措に余裕が戻った。彼らは顔を見合わせると、一斉に剣を構え直した。

数々の刃《やいば》が、アドラスさんへと迫りゆく。

「だめ！　アドラスさん！」

——その時。兵たちの背後に、赤い魔力の光がボウッと灯《とも》った。

光は燃え上がるように勢いを増し、やがて大きな四つ足の獣の姿に象《かたど》られていく。

赤黒く硬質な毛並みを持つ、狼の容貌《ようぼう》。醜悪に伸びた爪は大地を抉《えぐ》り、汚れた犬歯の隙間からは飢えた獣の声が漏れて――

　そうして闇の中にぬるりと現れ出《い》でたのは、教会で見かけた、あの赤い獣だった。

「え……？」

　どうしてアレがここに、と私が疑問を口にするより早く、獣はぎょろりと瞳を動かした。そして鉤爪《かぎづめ》のような前脚を、無造作に横に払う。

　それだけで一陣の風が吹き、数名の兵士が紙切れのように薙《な》ぎ払われた。

「何だ⁉」

　異変に気づいた他の兵士が、素早く背後に意識を向ける。しかし赤い獣の姿が見えていないようで、すぐ目前に恐ろしい怪物がいるというのに、彼らはきょろきょろと何もない宙に視線を迷わせる。

　獣は困惑する兵たちを無感情に眺めると、大きく跳躍した。

　――そこからは、一方的だった。

　まるで果実を摘み取るような容易さで、赤い獣は兵士らを蹴《け》り上げ、尾で払い、咥《くわ》え上げて放りやる。その度に兵士たちは恐怖の悲鳴をあげながら、次々と木々の狭間《はざま》の闇に転がり消えていく。

　私の手を引くのも忘れて、リコくんは愕然《がくぜん》とつぶやいた。

「ヴィーさん。いったい、何が起きているんです」

「分からない。急に、妙な獣が現れて……」

刃が空を切る音、人がもがく音、そして悲鳴。不穏な音がかき鳴らされては、夜の静けさに飲まれてしまう。

そうして数瞬の間に兵士たちは姿を消し、後に残るは、闇の中で膝《ひざ》をつくアドラスさんのみとなった。

私はリコくんの手を振り払って、一気に駆け出した。

今なら分かる。あの獣は精霊でも魔獣でもない。それよりもっと凶悪で、もっとよこしまな何かだ。

そしてあの獣が、アドラスさんを助けたわけではないことも理解できた。あれは、兵士という邪魔な障害物を排除しただけ。アドラスさんこそが、あの獣の目的なのだ。

獣の意識がアドラスさんに向けられる。黒く獰猛《どうもう》な瞳にアドラスさんの姿を映しこむと、獣は初めて大きく牙《きば》を剝《む》いた。

だめだ、間に合わない。

「アドラスさん、前！」

獣が駆け出すと同時に、私は叫んだ。アドラスさんも自らに迫る気配を感じ取ったらしく、ふらふらと立ち上がろうとする。

だけど、遅かった。獣は大きな顎《あぎと》をかぱりと開く。覗《のぞ》く歯肉は赤く爛《ただ》れておぞましい。鋭くびっしり並ぶ牙が、アドラスさんの体に食いつかんとして——

ギィン！

鋼を叩《たた》きつけるような音が響く。

閃光《せんこう》が飛び散り、赤い獣は大きく仰《の》け反《ぞ》る。まるで獣の体が、見えない壁にぶつかりはね返されたようだった。

「……何なんだ？」

獣の姿は見えずとも、今の光は目に入ったらしい。アドラスさんは目を瞬《しばた》かせながら、疑問を漏らす。

でも今は、それに答えている余裕はない。アドラスさんの隣にたどり着くと、私は彼の肩に手をかけた。いつのまにかリコくんも後ろにいて、二人でアドラスさんの体を助け起こす。

暗いせいで傷口はよく見えないが、彼の服はぐっしょりと濡《ぬ》れそぼっていた。鼻にまとわりつくのは、血のにおい。

「俺はいい。早く逃げろと言っただろう……」

私たちはアドラスさんの力ない言葉を聞き流し、なんとか彼の体を引き上げ、馬のいる方へと歩みを進めた。触れる肌がひどく冷たくて、胸の内に不安が湧き上がる。ついさっきまで、この人の体は温かかったのに。

「ヴォアアアアアアアアア！」

必死に足を進める私たちの真後ろで、憤怒《ふんぬ》に満ちた咆哮《ほうこう》が大気を震わせた。

反射的に足を止める。振り返ると、赤い獣の影がゆっくりと起き上がろうとしていた。

だが、先ほどと様子が違う。

赤黒い毛並みは全身逆立って、瘴気《しょうき》のような靄《もや》を放っていた。体はみるみるうちに膨れ上がり、体軀《たいく》は私たちを見下ろすほどの大きさとなっている。瞳からは理性も野性も本能も失われ、まるで悪意と怨念《おんねん》を薄膜で包んで形にしたような、もはや獣とも呼べぬ異形が、私たちを睥睨《へいげい》していた。

「……リコくん。何がいるか見える？」

「い、いえ、はっきりとは。でも、獣のような声が聞こえて……そこに、うっすらと大きな影のようなものが見えます」

……リコくんも、獣の存在を認識できてはいるようだ。

その身の内の魔力は一定以上凝集すれば、常人でも視認することができる。つまり赤い獣は、その身の内の魔力を高め、自身の姿かたちを変えたのだ。

獣はもう一度咆哮すると、勢いよく地面を蹴った。恐ろしい速さで、巨体がこちらへと迫り来る。

咄嗟《とっさ》にアドラスさんとリコくんを引きずるようにして、前に倒れた。直後に頭上を、びゅうっと風が吹き抜ける。体を起こして背後を見やれば、獲物を仕留め損ねた獣が木々と衝突し、めきめきと樹木をへし折っていた。伏せるのが少しでも遅かったら、餌食になっていたのは私たちの方だっただろう。

けれども安堵《あんど》する暇もなく、獣は再びこちらへと跳躍する。

「リコくん、避《よ》けて！」

そう叫ぶと、ぐったり地面に伏していたアドラスさんが、立ち上がろうとしていたリコくんを強く蹴り飛ばした。彼の小柄な体は茂みの向こうに飛ばされて、元いた位置には鋭い斬撃《ざんげき》が走り抜ける。

獣は悔しげに唸り、私とアドラスさんを憎々しげに見下ろした。

「……よく分からんが、俺はとんでもないものに狙われているようだな」

ずしり、ずしり、とこちらへ近づく獣の足音を聞いて、アドラスさんが言った。

「ヴィー、君一人なら走れるはずだ。早く逃げろ」

「お断りします」

「頼むから行ってくれ。君のことまで蹴り飛ばしたくない」

この期に及んで、アドラスさんは小さく笑った。だけど細められた瞳《ひとみ》には、いつもの迸《ほとばし》るような生命力が、まるで視えない。

「アドラスさん。実は私、聖女なんですよ」

私の言葉に、アドラスさんは目を見開いた。視線が交叉《こうさ》したのち、彼は「おい」と私の袖《そで》を摑《つか》むけど、振り払えばその指先は簡単に離れてしまう。

『人を助《たす》くことこそ使命と知れ。聖女とは、即《すなわ》ち救いの手である。たとえ業火に手を差しいれることになろうとも、救済の手を止めることは許されぬ』

こんな状況で頭に響くのは、オルタナ様の声である。これは確か、私が聖女を拝命したとき贈られた言葉だったか。とっても嫌そうに語られたのが印象的で、一言一句よく覚えている。

そう、私はこれでも聖女なのだ。ここで逃げ出すことは許されない。たとえ獣に、食い破られることになっても。

立ちはだかるように、獣の前に向かい立つ。

これが他の聖女であったなら、剣と魔術と奇跡を駆使して、華麗に事件を解決するのだろう。しかし私には、この使い勝手の悪い目玉しかない。後に残るのは、のろまでか細い手足だけだ。ならばせめて、盾くらいにはなってみよう。

獣は無防備に立つ私を訝《いぶか》しげに観察したが、やがて、相手が取るに足らぬ弱者であると悟ったらしい。にたりと笑うように口を広げ、私の左肩に食いついた。

「う……」

不思議なことに、痛みはなかった。しかし牙に穿《うが》たれた場所から、どくどくと体の内に流れ込むものがある。同時に視界がぐにゃりと歪《ゆが》んで、意識が遠のきそうになる。

「ヴィー！」

アドラスさんの声が聞こえる。

薄れゆく意識のなか、振り返った。

なぜかは分からないけど。

最期に見るなら、彼がよかった。

第六話

壁に掛けられた矩形《くけい》の額には、一枚の聖画が収められていた。

場面は森。澄んだ泉のほとりに聖母が腰を下ろし、愛らしい幼子を抱いている。天から注ぐ光は二人を包み、その周囲では鳥や小動物たちが、二人を憧憬《どうけい》の眼で見上げていた。

「うぅん……？」

「この絵を見て何を感じたか言ってごらん」と課題を出された十歳の私は、絵画の中に描かれた美しい世界をしばし眺めたあと、背後を振り返った。

そこには、秘蔵のワインをちびちびと舐《な》めるジオーラ先生の姿がある。

「綺麗《きれい》な絵ですね」

「なんだい、そのやる気のない答えは」

先生は私の答えを聞くと、これ見よがしにため息をついた。

「あーあ、これでお前の目は節穴決定だね。これじゃあ今年の神殿学校の成績も、筆記以外は全部どんじりだろうなあ」

「……」

いじわるな言い方に少しだけむっとしながら、もう一度絵画に向き直る。このままでは終われない。何か魔術の痕跡《こんせき》はないものかと、必死に目を凝らした。

──神殿の学者たちは、私の眼球は常に先天的な魔術を発動しているのだろうと言っていた。この生まれもった魔術によって、私は魔力現象を光や色彩として視認することができるのだ。

正確には聴力、嗅覚《きゅうかく》、味覚、触覚──その他の五感でも感知は可能だけど、こちらは微々たるものなので、割愛。

しかし、この常時発動する術にもりもりと消費されるせいで、私の体内魔力は無きに等しい。そのため魔術は使えず、いつも神殿学校では落ちこぼれで。それなのに、私がジオーラ先生の弟子となったのは、〝視る〟という能力の特性ゆえに他ならない。

だからこの絵画にも、何か魔力的な謎が秘められているのかも。

……と思って念入りに検分してみたのだが、残念ながら私の両目は何の異常も拾い上げることができないのだった。

「あれぇ……？」

「まだ分からないのかい。仕方ないね」

ジオーラ先生は大事そうに酒杯を小卓に置いて、私の隣に立った。彼女は絵画を指差しながら、

「ほら、見てみな。この木の陰に狐がいるだろう。そしてこの葉の影は、よく見れば熊

のような輪郭になっている。それに狼がここそこに……」

　そう言って次々と示されていく箇所には、確かに動物の姿があった。だがどれも、自然な姿とは言い難い。見た人がすぐにはその存在を把握できぬように、影の形に、あるいは木々や草の姿に擬態させられた上で、画面の端々に配置されているのだ。

　要はこれ、だまし絵だったのである。

「こんなぱっと見では分からないようなものを描くなんて、ひねくれた大人がいたものですね」

　がっかり半分、悔しさ半分にそう言えば、ぱちんとおでこを叩《たた》かれる。

「でもお前は、この絵の謎を視ることができなかった。どうしてだと思う」

「それは、隠されていたから」

「じゃあ今はどうだい。今も隠れた動物たちの姿は見えないかい？」

　そんなことはなかった。だまし絵とは、一度答えを知ってしまえば、隠されたものであっても、明瞭《めいりょう》に見ることが可能なものである。いくら観察しても気づけなかった狐や熊が、今では絵画の中にくっきりと姿を浮かべていた。

「本当は見えていたんだよ。だけどお前は、先入観でこれを〝聖画〟としてしか捉《とら》えられなかった。だまし絵である可能性を、ほんの少しも考えることができなかった。違うかい？」

「……はい。ごめんなさい」

「別に責めちゃいない。十歳のガキなんてそんなもんさ」

期待はずれだったかと肩を落とせば、存外に優しい声をかけられる。ただしこちらを見下ろす先生の顔は厳しかった。

「でもね、お前はそれじゃいけない。私らのような人間には、常に〝視る〟ことに対する責任があるからね」

「責任？」

「ああ。私らには、他人に見えないものを視る力がある。そしてその力を多くの人間に認められ、視えたものを真実として口にすることが許される立場にある。……それは特別なことのように思えるけどね。裏を返せば、私らが一つでも思い違いをしたら、たちまち真実は歪《ゆが》められてしまうということになるんだよ」

「……」

緊張でごくりと唾《つば》を飲み込む。つまり、失敗は許されないということではないか。

私が顔を強張《こわば》らせて話に耳を傾けていると、先生は愉快そうに口の端を持ち上げた。

「そこで、だ。ヴィクトリア、お前この絵を見て、他に気づくことはないかい？」

「えぇっ」

驚いて絵画を見上げる。隠された獣が次々と露《あら》わとなったこの絵画。これにまだ、他の獣が隠れているというのだろうか？

そう考えて、はっとする。

私はまた、〝先入観〟を抱いてしまうところだった。先生は、隠れた動物を探せとは言っていない。

そんな私の気づきを察したようで、にやりと先生は笑った。

「そうだ、分かってきたじゃないか。さあ、よく見るんだ。一つの視点に囚《とら》われるな。あらゆる角度で物を見ろ。違和感を放置するな。矛盾を突き詰めろ。

——お前にはもう、視えているんだよ」


頭が重い。地面に脳を引き寄せられているような不快感に唸《うな》りながら、瞼《まぶた》を開ける。

あれ……私、いつの間に眠ってしまっていたのだろう。

記憶を掘り起こしつつ起き上がろうとした瞬間、世界がぐるぐると回転して、吐き気がこみあげてきた。

「うっ……」

辛《かろ》うじて嘔吐《おうと》するのを堪《こら》えながら、口元を押さえる。胃酸が逆流し、焼けるような苦味が口の中に広がった。

「魔力酔いだ」

不意に真横から声がする。

顔を上げてそちらを見ると、樹木に背中を預けて腰掛ける、細身の人影があった。

真っ黒な髪に、白い肌がよく映える少女だ。瞳《ひとみ》も髪同様に黒く、目尻《めじり》はきゅっとつり上がっている。帝国人には珍しい容姿のように思えるけれど、この辺りの住人だろうか。

「……どなた様、ですか」

「ザザヤ・ナギ、二十三歳」

名前と共に、そこまで求めていない情報が飛び出て来る。いやしかし、この人私よりも年上なのか。

「職業、呪術師《じゅじゅつし》。そして先刻、お前たちに呪いをけしかけた張本人でもある」

「……は？　呪い？」

「お前は魔力への抵抗力が極端に低いようだ。それ故、外部から呪いという他者の魔力を体に注ぎ込まれた際に、魔力酔いを起こし意識を失ったのだろう。できる限りの処置はしたが、呪術による副次的な平衡感覚障害、消化器症状は長く続くことが多い。無関係なお前を巻き込んだ上に、このような目に遭わせて申し訳ないが——」

「あの、ちょっと話に追いつけないのでお待ちください」

怒濤《どとう》のごとく叩きつけられる情報に、待ったをかける。

ザザヤという謎めいた女性は、私の言葉にぴたりと話を止め、いきなりしんと静かになった。

切り替えの早い人だ。

……かなり怪しいけれど、敵意は無いように見える。

警戒を緩めぬよう注意しつつ、私は周囲の状況を確認した。

ここはどこかの森のようだ。生い茂る枝葉の隙間から陽光が差し込んでいて、時刻は昼頃であることがうかがえる。人工物は見当たらない。耳を澄ませば、聞こえてくるのは水の音だ。近くに川があるのだろうか。

——そうして周囲に意識を巡らせていると、肩からずるりと何かが落ちた。体に誰かの外套《がいとう》が掛けられていたようだ。

何とはなしにその外套を手にとって、それがアドラスさんのものであると気がつく。

すると、意識を失う直前の光景が次々と頭の中に映し出された。

剣で腹を突かれたアドラスさん。刃を振りかざす男たち。そして唐突に牙《きば》を剥《む》いてきた、赤毛の獣。あの獣に食いつかれて、私は意識を失って……

「アドラスさん！」

慌てて彼の名前を呼ぶ。そうだ、アドラスさんは！

獣に噛《か》まれたはずなのに、私の体には傷一つ見当たらなかった。だけど彼は違う。彼は私たちを守るため、大きな傷を抱えたまま戦っていた。早く彼を治療できる場所に連れて行かなくては、取り返しのつかないことになる。

両頬をぴしゃりと叩き、腑《ふ》抜けた体に力を込める。そしてゆっくりと歩き出そうとすると、それまで沈黙を保っていたザザヤさんが目を丸くした。

「おい、動くんじゃない。まだ横になっていた方がいい」

「そういうわけにはいきません。アドラスさんは、どちらに」

「あの男は、もう――」

「おお、ヴィー。起きたか」

能天気で明るい声。

すかさずそちらへ顔を向けようとするが、膝《ひざ》から力が抜けて、べしゃりと無様に転げてしまう。

「おいおい、大丈夫か！」

足音が近づいてくる。顔を上げれば、視界に彼の姿がくっきりと映った。

「……アドラスさん」

地面に倒れたまま、もう一度名前を呼ぶ。彼の瞳に蒼炎《そうえん》が揺らめいているのを視て、安堵《あんど》のあまり、気が遠くなりそうになる。

「生きていますか、アドラスさん」

「ああ。ぴんぴんしているぞ」

アドラスさんはにかりと笑って、私に手を差し伸べた。

確かめるように、私は彼の手を握る。その手は確かに温かかった。


目覚めてからほどなくして、リコくんとベルタさんも現れた。彼らが言うには、私が意識を失ってから既に半日ほどが経過していて、その間に一行は、戦いのあった林道から離れたこの場所に移動してきたらしい。

リコくんは兵士に襲われた場所まで再び足を延ばしたが、アドラスさんに斬《き》られた遺体などは残っていなかったという。血痕《けっこん》や足跡は残されていたものの、散逸していて辿《たど》ることはできなかったと、彼は悔しげだった。

だが何より、私はベルタさんが当たり前のように姿を現したことに驚いた。

「ベルタさん、どうしてここにいらっしゃるんです。騒動のどさくさに紛れて、逃げ出したものと思っていたのに」

「ヴィーちゃん、起きがけからボクに辛辣《しんらつ》じゃない？」

「いえ、嫌味のつもりはなかったのですが」

私がベルタさんなら、間違いなくあの場から逃げていたことだろう。私やリコくんと違って、彼にはあの場に残る義理も必要もなかったはずだ。

「ボクがヴィーちゃんのことを置き去りにして、逃げるわけがないじゃないか。もっと信じてほしいな」

気障《きざ》な台詞《せりふ》を浴びせられる。ごまかしの気配がぷんぷん臭うけど、今この状況で彼の真意を問い質《ただ》しても、詮《せん》なきことだ。そう結論づけて、私は追及の言葉を飲み込んだ。

得るべき情報は、他にたくさんある。

「アドラスさんも、お腹に穴が開いていたはずですよね。どうしてそんなにお元気なんです？」

「彼女が魔術で治療してくれたんだ」

シャツを捲《まく》り上げ、腹に巻かれた包帯をぐるぐると解《ほど》きながら、アドラスさんは近くの木陰に佇《たたず》むザザヤさんを視線で示した。

「見えない何かに襲われ君が倒れた直後、彼女が俺たちの前に現れた。そして自分は呪術師で、俺のことを呪うつもりだったのに、誤って君を呪ってしまった。これでは申し訳ないから、俺の治療と事情の説明をさせてもらう――と、よく分からんが頑《かたく》なにそう主張しきてな。怪しいことこの上なかったが、他に腹の穴を塞《ふさ》ぐ手立てもなかったし、君も一向に目覚める気配がない。だから、彼女に任せることにした」

話すうちに、アドラスさんの体から包帯がするりと取れる。現れたのは、左の腹部に走る痛々しい傷跡だった。

傷はほとんど癒合しているが、隙間からはうっすらと血がにじんでいる。触れれば再び開いてしまいそうな危うさが感じられて、伸ばしかけた手を慌てて引っ込めた。ここに刃《やいば》が突き立てられていたのかと思うと、腹の底がひやりと冷たくなる。

「これでも、かなり良くなった方なんですよ」

ザザヤさんから譲り受けた新たな包帯を用意しつつ、リコくんが言う。

「急所は外れていたそうですが、お腹をざっくり刺されていましたからね。一時はどうなることかと……」

「そうそう。アドラスくんは血が止まらないわ、リコくんはピィピィ泣きやまないわで大変だったんだよ」

リコくんは無言でベルタさんの腹に肘《ひじ》を打ち込んだ。ベルタさんも無言で悶《もだ》える。

「だがこの通り、出血は止まっているし、もう痛みもない。まあ、死ぬことはないだろう。命拾いしたよ」

お気楽な発言と共に、アドラスさんは自分の腹の傷を覗《のぞ》き込んで、「よし問題ないな」とおざなりな確認を済ませる。すかさず釘《くぎ》を刺すように、ザザヤさんが口を挟んだ。

「私は治療の専門家ではない。今回は止むを得ず治癒魔法を施したが、深い傷は素人が手を出すと、かえって重症化する事も多い。それに昨日の出血量から考えるに、お前の体にはまだ血が足りていないはずだ。……つまりお前は治ったのではない。死ななかっただけだ。とにかく動くな。専門家の診察を受けろ。それまで飲食は禁止だ。はらわたが傷ついている可能性もあるからな」

愛想も抑揚も口を挟む間もなく畳み掛けられるが、言っていることは至極真っ当だった。いっそ、親切ですらある。

「あの……ザザヤさん、ですよね。あなたは本当に、呪術師でいらっしゃるのですか」

おっかなびっくり話しかけてみる。ザザヤさんは、迷いなくうなずいた。

「ああ。確かに私は呪術師だ」

「それで間違えて私を呪ってしまったから、こうして助けてくださっているんですよね？　でも私、呪われた覚えがないのですが……」

「そんなことはない。私の呪いに、食いつかれていただろう」

食いつかれた。その言葉を聞いて、あの獣の姿が思い起こされる。呪いに心当たりはないが、食われた経験に関しては、大いに覚えがあった。

「では私たちに襲いかかって来たあの赤い獣が、あなたの言う〝呪い〟だったということですか！」

「その通りだ。……やはりお前には、あれの姿がはっきりと視えていたのだな。物見の聖女」

あれが、呪い。まさか呪いが動物の形をしているとは思ってもいなかったので、少し驚きである。でも違和感はなかった。あの獣からは、呪いと呼ぶに相応《ふさわ》しい、強烈な負の力を感じたから。

私が一人納得する一方で、ベルタさんは「ふぅん」と訝《いぶか》しげにつぶやいた。

「呪術《じゅじゅつ》は数百年も前に異端指定された、古代魔術の代表格だ。世襲制の技術だったために、異端狩りによって既にこの世から潰《つい》えたとも言われている。そんなおとぎ話同様の術の使い手だなんて言われても、そう簡単には信用できないな」

「詳しいな、お前」

ザザヤさんは気分を害するどころか、むしろ感心しているようだった。

「だが知識だけで、実態をあまり知らないようだ」

ベルタさんから「ぐ」と悔しげな音が漏れてくる。

「その軽薄そうな金髪の言う通り。かつて呪術はこの世の恐怖の代名詞だったが、今では廃れ、忘れ去られた存在となっている。だが、潰えたというのは間違いだ。異端審問官の殺戮《さつりく》から生き延び、今日に至るまで血と呪いを受け継いできた呪術師の家系はいくつか存在している。私はその一つの末裔《まつえい》だ。信じられないと言うならば、お前のことも呪ってやろうか」

「あ、結構です。呪いって、この時代にも残っていたんだね」

あっさり白旗を揚げて、ベルタさんはリコくんの陰に隠れるように身を縮こめた。この人の保身能力には目を瞠《みは》るものがある。

ザザヤさんは表情を動かさず、再び口を開いた。

「……とは言っても、私も表向きは魔術師を生業《なりわい》としている。派手に呪いを振りまけば、異端狩りの連中に目をつけられることになるからな。だが、今でも呪いを求める人間は少なくない。そうした連中に、金銭を対価として呪いを提供することもある」

「それで、どうしてその呪術師とやらが俺たちの前に現れる？　君も俺を殺せと依頼されたのか」

「違う。ここには、私自身の意思で来た」

アドラスさんの問いに、ザザヤさんはゆっくりと横に首を振った。

「――二十年前。呪術師だった私の父は、依頼を受けて、とある人間を呪い殺した」

二十年。その年月に誰もがはっとして、彼女の次なる言葉を待つ。

「そう。父が呪ったのはお前だ。エミリオ・エデルハイド」

ザザヤさんの人差し指が、まっすぐにアドラスさんへと向けられる。その指先をまじまじと見て、困ったようにアドラスさんは首をかしげた。

「だが、俺は生きているぞ」

意見を求めるように彼がこちらを見るので、私は強くうなずいた。こんなに生命力溢《あふ》れる霊が、いるわけない。ばっちり生きている。

「そもそも皇室の人間には加護があって、呪いは効かないと聞いているが」

「分かっている。加護は呪いを弾《はじ》く。だから、古くから続く王侯貴族の家系は呪うなかれ、というのが現代に残る呪術師たちの共通認識だ。……だが、父は確かにエミリオに呪いを放った。そしてその仕事を最後に、この世を去っている」

言いながら、ザザヤさんは懐から小さな冊子を取り出した。ほのかにカビっぽい、魔力の香りがする。

「それは何ですか？　古い魔道具とお見受けしますが」

「古くから伝わる、我が一族の記録紙だ。ここに、祖先がこれまでどのような呪いを保有して、誰にどのような呪いをかけたかが全て記録されている。これによると、確かに父はエミリオを呪殺したと書かれている」

「うわぁ、それってかなり危ない代物じゃないか。どうしてそんなものをわざわざ残しておくんだよ」

汚物から逃れるように身を引いて、ベルタさんは顔を顰《しか》める。

　ザザヤさんはむっとしながら、

「呪術師にとって、『誰を、どう呪ったか』という情報が、何より大切なものだからだ」

　と言い返した。しかし他の誰もがぴんとこない表情でいると、彼女は渋々と呪いの解説を始めた。

「……我々は、呪いを体の中に飼う。そして呪術を行使するときのみ、体外に呪いを出し、形を与え、対象者の元へと向かわせる。そして放たれた呪いは、呪術師によって示された対象者の魂のみを求めるようになる」

「呪いが間違えて、うっかり他の人の魂を狙ってしまう、ということはないのですか」

「基本的にはない。呪いとは飼い慣らした獅子《しし》のようなもの。そして呪いにとって、我々呪術師は檻《おり》であり、枷《かせ》のようなものだ。枷がついているうちは、呪いもこちらの指示通りに動いてくれる。……だが、いかに馴《な》らそうとも、一度野生に放った獅子を再び檻へ戻すのは難しい。それと同じで、呪術師という軛《くびき》から解放された呪いはとたんに凶暴化し、時に怨霊《おんりょう》や災厄にまで成長するのだ」

　私は赤い獣の姿を思い出した。ザザヤさんの言う通り、確かに獣はアドラスさんをまっすぐと狙っていた。羽虫を払うように兵士たちを攻撃していたが、あれも邪魔者を排除しようという目的故の行動と解釈できる。そして――

「あの呪いの獣、途中から急に凶暴になって、魔力も桁違《けたちが》いに跳ね上がっていました。

もしかして、あの時の呪いもザザヤさんの枷が外れて……？」

「その通りだ。お前が自ら身を捧《ささ》げて呪われたことで、あれは呪いとしての性質を失わずに済んだが。あのまま放置すれば、あれは怨霊、災厄に転じていたことだろう」

「危ないなぁ。どうしてそんなことになっちゃったんだい」

咎《とが》めるベルタさんの言葉を耳にして、ザザヤさんは少しだけ表情を翳《かげ》らせた。

「呪術も完璧《かんぺき》なものではない。呪いが何らかの方法で弾かれたり、あるいは到達するより先に対象者が死んでしまったりすると、稀《まれ》に我々呪術師の制御下から呪いが離れてしまうことがある。聖女に襲い掛かった呪いも、その男の加護に弾かれたことによって私の枷が破壊され、凶暴化してしまったのだろう」

淡々と彼女は説明するが、納得すると同時にますます解せないことも増える。

私は加護の儀の現場で、赤い獣を視た。つまりザザヤさんもあの時あの場所にいて、アドラスさんに加護があることをその目で見ていたと考えられる。

アドラスさんを呪っても、加護で弾かれてしまうのは分かっていたはずなのに、どうしてザザヤさんは彼に呪いを差し向けようとしたのか。

そう考えたところで、彼女の手に握られた呪術の記録がぱっと目につく。私の気づきに応えるように、ザザヤさんはうなずいた。

「二十年前、皇子エミリオの呪殺を最後の仕事に、私の父は何者かに殺害された。結果、父が保有していた呪いたちは檻から放たれ大陸各地へと散逸し、災厄となって人と大地に牙《きば》を剝《む》くようになった」

「殺害？　そんな、どうして……」

「呪術師自身が命を狙われるなど、よくあることだ」

驚くことでもない、とザヤさんは平然と言ってのけた。

「だが、そうして死んだ呪術師の体から放たれ、災厄に転じた呪いの回収は、後継者の役目となる。だから今日に至るまで、私はこの記録を頼りに父の尻拭《しりぬぐ》いをしてきた。そしてようやく最後の呪いを回収できたと安堵《あんど》していたところに、皇子エミリオ生存の噂が流れ込んできたのだ」

「……つまりあなたは、お父様の呪いが実は失敗していたのでは、と考えて、アドラスさんのことを確かめに来たのですね」

「そうだ」

肯定する彼女の声には、ほんのり疲労がにじんでいた。

「父がエミリオ皇子を呪ったことは確実だ。だが、この男は生きている。となれば、呪いが父の手から離れ、〝はぐれ〟となった可能性が高いと考えられる。しかしいくら調べても、当時死の呪いが解き放たれた痕跡《こんせき》が見つからない。……だから、呪うことにした。考えにくいが、この男にも特発的な呪術師の才能があり、死の呪いを無自覚に飼っている可能性や、強力な加護によって、呪いそのものを破砕した可能性もあるからな。呪った際の反応を見ようとしたのだ」

だが結局、呪いは加護によって弾かれた。アドラスさんを呪っても、呪いから枷が外れるだけと証明されたわけである。

ならばザザヤさんのお父様が放った死の呪いも、二十年前に解き放たれてしまった……ということになるのだろうか。でもそうなれば、昨夜の赤い獣のように、呪いが暴れて大惨事になりそうなものだけど。

「しかし私は、エミリオを呪うつもりでお前に呪いをかけてしまった。申し訳ない、物見の聖女よ」

頭の中で情報を整理していたところ、謝罪の言葉で意識が引き戻される。

顔を上げれば、ザザヤさんが小さな体を更に縮こまらせながら私を見据えていた。

「お前が呪いを目視していることは、教会の一件で既に分かっていた。となると、呪術《じゅじゅつ》を妨害される可能性が高くなる。だから、お前がその男から距離を置いたところで呪いを放ってやろうと、お前たちが館を抜け出してから、ずっと後をつけて機会をうかがっていた。だがあの兵士たちが現れ、その男が腹を刺されたから……。せめて死ぬ前に、呪いへの反応だけでも見てやらねばと焦って、結果こうなってしまった」

言っていることはこの上なく物騒だけど、申し訳なさそうに肩を落とすザザヤさんは、もとの容姿もあいまって、叱られてしょげる幼子のようだった。

「人を呪わば穴二つ。ただし、墓穴に落とす相手を誤るな、というのが呪術師の鉄則だ。無差別に呪いを振りまいては、自分自身が災厄となってしまうからな。一族によっては、呪い違いには命で以《も》って償うべし、と定めているところもある」

「ええっ。死なれても困りますよ」

「私も死にたくない。だからお前の許しを乞《こ》おうと、あの男の傷を癒し、開示できる情報を全て説明している」

妙に潔くぺらぺらと解説してくれているけれど、そういう事情があったからか。

アドラスさんを呪おうとした事実は看過できないが、結果的には彼女のおかげで私たちは窮地を切り抜けられたとも考えられる。私としては、これ以上彼女を責める気になれなかった。

「分かりました。私に関する件については許します」

「ありがたい。さすがは聖女、慈悲深くて美しい」

彼女なりのおべっかを抑揚のない声で並べて、ザザヤさんはぺこりと頭を下げた。

横目でアドラスさんをちらりと見やるが、特に憤慨している様子はない。これにて和解……と考えてもいいのだろうか。

「お前たちのおかげで、多くのことが分かった。その男が生きているということは、やはり父は、最後の呪術を失敗してしまったのだろう。なぜ加護のある皇族を呪おうとしたのかも、なぜ記録に呪殺完了と書かれてしまったのかも不明だが……。いずれにしても、早急に放たれた呪いの行方を探さなければ。まったく、どこまでも傍《はた》迷惑な父親だ」

「あの。ついでにお聞きしたいのですが、ザザヤさんのお父様にアドラスさんの呪殺を依頼したのは、一体誰なのでしょうか」

「ナディアスと記録には書かれている」

「ナディアス？」

ザザヤさんが紙をぱらりと捲《めく》って口にした名前に、ベルタさんの眉《まゆ》が動いた。すかさず私は彼の顔を覗《のぞ》き込む。

「ベルタさん、お知り合いですか」

「――え？　う、うーん、どうだろう。聞いたことがある気もするけど、知り合いにいたっけなぁ」

「ベルタさん」

もう一度、声を低くして問いかける。

私とリコくん、そしてアドラスさん。三人で無言の圧をかけてやると、やがて彼は降参だと言わんばかりに両手を広げたのだった。

「……アルノーズ侯爵の腹心が、ナディアスっていうんだよ。彼なら、二十年前もアルノーズ家に仕えていたんじゃないのかな」

「……！」

――アルノーズ侯爵。ぼんやりと陰謀の気配を漂わせていた人物が、ここに来て存在を明らかにするなんて。

思わず私は、ベルタさんに詰め寄った。

「では二十年前、アルノーズ侯爵は、本当にアドラスさんの命を狙っていたということになるじゃないですか！」

「どうかな。偽名という可能性もあるし、なんとも言えないと思うけど」

「呪術師は、素性の分からぬ人間に呪いを売らない。ここにナディアスと書いてあるなら、依頼主はナディアスだ」

ごまかしを即座に打ち消され、ベルタさんは苦々しげに口を曲げる。だけどもう、この話を無視することはできなかった。

「でもおかしいです。加護があるのに、どうして侯爵はアドラスさんに呪いをかけようとしたのでしょう。当時、自分の娘も妊娠していたのだから、加護を知らなかったはずはないのに」

「それは知らない。本人に聞け」

素っ気ない返事が返ってくる。ザザヤさんにとって、呪いの動機はさして重要な情報ではないようだ。

「ですが、アドラスさんを呪ったあとに亡くなったのであれば、ザザヤさんのお父様は、侯爵に口封じのため殺害された可能性が高くなります。真実を突き止めることは、あなたのお父様のためにも――」

「先ほども言ったが、呪術師をしていれば、依頼者に殺されることなどよくあることだ。それで父が殺害されたからといって、恨むつもりも騒ぐつもりはない。これが呪禍《じゅか》の道に生きる者のさだめだからな」

　こちらの期待を振り払うように、ザザヤさんははっきりと言い放った。

「だから私を利用しようとは思わないことだ。……仮にこの話を広めたところで、帝国の人間がまともに取り合うとも思えないが」

「それは……そうかもしれませんが」

　歯がゆさのあまり、唇を噛《か》む。

　確かに、ザザヤさんの話には何の根拠も証拠もない。二十年前の呪殺未遂で侯爵を告発したとしても、一笑に付されるのが関の山だろう。

　だがこのままでは、侯爵たちをみすみす見逃すことになってしまう。

「ヴィーちゃん、呪術師なんかを頼ろうとしちゃだめだよ。赤ん坊殺しに手を染めるような連中だ。信用はできない」

　そう吐き捨てるのはベルタさんだ。口調は変わらず軽薄だけど、言葉の端々にはザザヤさんに対する棘《とげ》が見え隠れしていた。

　ザザヤさんは、批判など当たり前と言わんばかりにふん、と鼻を鳴らす。

「赤ん坊だろうと年寄りだろうと、魂に優劣はないだろう。偽善者はとかく女子供の命に価値を置きたがるが、我々呪術師は呪う対象を選ばない」

「ふぅん。なぜ君たち呪術師が異端指定されたのか、よく分かったよ。そうやって他人に言われるがまま、無差別に他人を傷つけていたなら、それはもう災厄と同等だからね。

確かに粛清されるべきだ」

「ならば帝国人たちは、さぞかし崇高な意思でもって、侵略と略奪を繰り返してきたのだろうな。帝国に蹂躙《じゅうりん》され、命を落とした幾千幾万の魂も、それなら浮かばれることだろう」

「おやおや、論点をすり替えないでほしいな」

「あの、すみません」

漂い始める険悪な空気を、リコくんが遠慮がちに打ち破った。

「皆さんがなかなか言い出さないので、僕の方からお尋ねしますけど。一体、ヴィーさんはなんの呪いをかけられたんです？」

「あっ」

そう言えば、私も呪われていたのだった。他のことに気を取られすぎて、呪いの内容そのものにまるで意識が向いていなかった。

「それは……」

ザザヤさんはすぐには答えなかった。彼女は黒い瞳《ひとみ》を私に向け、言葉を選ぶように、

「魔力封じの呪いだ」

「魔力……？」

「命に関わるものではない。だがこの呪いを身に受けた人間は、己の魔力を体外に放出させることができなくなる。……つまり、どんなに優秀な魔術師であろうと、二度と魔

術を行使できなくなってしまうのだ。それ故、この呪いは〝魔術師殺し〟とも呼ばれている」

なるほど恐ろしい。魔力を封じられてしまうなんて、魔導を生業《なりわい》としている人にとってみれば、命を断たれるがごとき呪いだろう。魔術師殺しと呼ばれる理由もよく分かる。

……だけど、元々魔術を使えない人間に対する影響はいかほどのものなのだろうか。

「アウレスタの聖女は、誰もが奇跡に等しい魔術の使い手だと聞いている。お前も、そうなのだろう」

「あの、私は」

「詫《わ》びてどうにかなる話ではないが……。せめてもの償いだ。お前に、これをやる」

ザザヤさんはおずおずと手を差し出した。彼女の指先で、鈴のついた赤い紐《ひも》がりんと揺れる。

「それは？」

「魔道具だ。中には術が仕込んである。私が必要な時は、この紐を切れ。いついかなる時もお前の元へと馳《は》せ参じ、お前が望む相手を好きなように呪ってやろう」

物騒な提案と共に、紐を強引に押しつけられる。

一見するとただの紐だが、確かに魔道具のようだった。手のひらに置いて眺めてみると、紐に編み込まれた魔力が光を放って鮮やかな紋様を描くのが視える。

――魔術師殺しは魔力の放出を妨げる呪い。私の目のように、体の内に組み込まれた魔術には、何の影響も及ぼさないようだ。

「ザザヤさん。これは受け取れません」

言いづらいが、どうも私は大した被害を受けていないらしい。それなのに、ここまで罪悪感を抱かれるのも心苦しいし、何より私は聖職者のはしくれ。他人を呪う機会なんて、一生あるまい。

紐を彼女に返そうとする。そうして伸ばした手のひらに、黒い影がすうっと落ちた。

糸で引かれるように頭上を仰げば、枝葉の間から、空を飛翔《ひしょう》する獣の姿が複数見える。

それが単なる鳥でないことは、影の形ですぐに分かった。

「飛獣！　まずい、見つかったんだ」

リコくんが口にすると同時に、笛の音《ね》が空から地へと降り注ぐ。

鳥たちの囀《さえず》りがぴたりと止まり、続けて木々の奥から鉄の擦《こす》れる音がまっすぐこちらへと近づいてくる気配があった。

「アドラス様、逃げましょう！　相手が何者かは分かりませんが、味方じゃないことは確かです」

「それには概ね同意だが」

アドラスさんは渋い表情で、自身の剣を拾い上げる。

「既に囲まれているようだ」

「目標確認！」

木々の合間から溢《あふ》れ出るように、武装した兵たちが現れた。彼らは私たちの姿を確認すると、草花を踏み倒しながら、一糸乱れぬ動きでこちらを取り囲む。皆揃いの装備を身につけ、胸元には州軍の徽章《きしょう》が輝いていた。

昨日の騒乱が思い出されて、私は思わずアドラスさんの腕を掴《つか》んでしまう。

「男二人に女一人、子供一人。みな手配にあった特徴と一致しております！」

兵の一人が仲間に向けて口早に報告する。おや女性は二人のはずだけど、とザザヤさんの方に視線を流すと、彼女の姿は忽然《こつぜん》と消えていた。すごい。もう逃げたのか。

なんて驚くうちにも包囲は隙間なく形成され、部隊の長らしき兵士が、威圧的に声をあげるのだった。

「我々は帝国軍東方州軍リース大隊第五小隊である。そちらは、エミリオ皇子殿下でお間違いないか」

誰も答えない。警戒たっぷりに口を閉ざす私たちを、隊長は睨《ね》めつける。

「後ろにいるのは、物見の聖女殿とベイルーシュ卿《きょう》か。既に貴殿らは包囲されている。今すぐ武器を下ろして投降しろ」

警告に合わせて、四方から槍《やり》の穂先を向けられる。刃《やいば》の動きに殺意はなく、さりとて動けば容赦はしないという無言の意思が、じりじりと肌に感じられた。

しかしアドラスさんは険しい表情のまま、剣の柄《つか》から手を離さない。

「断る。昨晩そちらの兵に襲われ、危うく死にかけたからな。そちらが害意を示すなら、こちらも全力で抵抗させてもらおう」

「――？　貴殿と州兵のあいだに、戦闘があったとの報告は受けていない」

「それはおかしな話だな。ならばなぜグレイン領内にいるはずの俺が、こんな州軍駐屯地の間近に潜んでいるとあなた方は知っている」

今度は隊長が沈黙した。彼は明らかな敵意を顔に浮かべている。だが、こちらの思惑を切り捨てて、事を進めるつもりもないようだ。

互いの真意を探り合うように、しばしの静けさが流れゆく。

とうとう隊長が口を開きかけたところで、「よい、俺が話す」と低く硬質な声が挟《さしはさ》まれた。

堅牢《けんろう》な隊列が、網を解くように開かれる。その奥から現れたのは、一人の男性だった。その姿を目にして、ベルタさんが「げえっ」と踏み潰《つぶ》されたような声を漏らす。

軍の高官、だろうか。実際、その人は軍服に身を包んでおり、体は岩のように引き締まっていた。鋼《はがね》色の髪は短く切り揃えられ、彫りが深い顔立ちの奥には、研ぎ澄まされた刃のごとく、ぎらりと光る瞳がある。

まるで、威圧感が服を着て歩いているような人だった。しかし、こちらを侮るような気配はなく、全身からは高貴さすら感じられる。

「危険です、お下がりください」

「問題ない」

右手を小さく掲げて隊長を制し、男性はアドラスさんの前に立つ。

彼が兵らに目配せすると、向けられていた刃が一斉に降ろされた。

「お前がエミリオか」

男性はアドラスさんの間合いに入っても、恐れる様子もなく堂々と訊《たず》ねる。武術方面はてんで素人である私でも、この人が只者《ただもの》でないことは理解できた。

「……アドラス・グレインだ。失礼だが、貴公は？」

「俺は――」

「おおっと！　これはこれは、ロディス殿下！」

緊迫した空気の中に、軽薄な声が無理やり割って入って反響する。もしかしなくともベルタさんだった。彼は軽やかなステップを踏んでアドラスさんと男性の間に体を滑り込ませると、ダンスを申し込むかのように一礼した。

「お久しゅうございます、殿下。七日ぶりにお会いしましたが、少し見ないあいだにまた一段と男っぷりが上がりましたねぇ。……しかし、どうして殿下がこちらに？」

「……ベイルーシュ」

男性は視線だけをベルタさんに下ろす。

「お前こそ、なぜここにいる？　俺が与えた任務はどうなった」

「それはあれ、自己裁量と政治的判断の末に、ここに辿《たど》り着いたと言いますか。その甲斐《かい》あって、ご報告したいことが盛りだくさんですよ」

「今はいい。言い訳は後ほど聞く。下がっていろ」

素っ気なくそう返し、野良犬を追い払うように男性が手を払うと、「わん！」と言いかねない媚《こ》び媚びの表情を作って、ベルタさんは颯爽《さっそう》と包囲の外に抜け出してしまった。

私たちは啞然《あぜん》として、彫像のように佇《たたず》む男性の姿を見つめる。

任を与えていた？　つまり司教がベルタさんに言っていた〝あの方〟というのは、この人のこと？

いや、そんなことより。聞き間違いでなければ、ベルタさんはこの男性のことを……

「ロディス第一皇子」

アドラスさんが小さくつぶやく。その名前は、異国人の私でも知っていた。

鉄血皇子ロディス。帝国の正統なる第一皇子にして、大陸にその名を轟《とどろ》かす武人の一人。そしてアドラスさんとは異なり、正真正銘の、次代皇帝最有力候補——

「驚いたな。なぜこのような場所に、第一皇子殿下がいらっしゃる」

「無論、東部連合とやらの叛逆《はんぎゃく》を阻止するためだ」

ロディス皇子は、さも当たり前のように言い切った。

「東部における反乱の兆しについては、病床の皇帝陛下も大変憂慮されている。加えて東部が死んだはずの皇子を首座に置いて決起しつつあるとなれば、皇族自らが動いてしかるべきだろう」

だからと言って、いきなり帝国内でも屈指の大物が出てくる必要があるのだろうか。

いっそ偽物を疑いたいけれど、先ほどのベルタさんの様子を見るに、その可能性も低そうだ。

「……ならば無駄足だったな。反乱は起こらない。この通り、俺がここにいるからな」

アドラスさんは決意するように大きく息を吐いた。そして私やリコくんを背後に置いたまま、剣を地面にゆっくり落とす。

「ロディス皇子殿下。俺は州軍に身柄を預ける。これで東部連合の動きは止まるはずだ。東部の権利と安全を保障していただけるならば、俺は全面的に州軍に協力しよう」

宣言すると、アドラスさんは両手を差し出した。早く拘束しろ、と言わんばかりに手首がくいっと掲げられる。

皇子に向かって指図するような仕草に、周囲の兵たちはむっとしているようだったが、ロディス皇子は変わらず石像のような面持ちで、アドラスさんを眺めてうなずいた。

「分かった、お前の投降を認めよう。――アドラス・グレイン。お前をラウザ司教殺害の容疑で捕縛する」

「……え？」

驚きの声が、私の口からこぼれ落ちる。何かの聞き間違い？　それとも冗談だろうか。

しかしロディス皇子の横顔には、冗談めかした色など微塵《みじん》も見られなかった。

「司教殺害、だと」

アドラスさんは撤回を求めてロディス皇子を、次いで周囲の兵士たちを見回す。しかし四方から返されるのは、糾弾するような瞳《ひとみ》ばかり。

「どういうことだ。ラウザ司教が亡くなったのか？」

「その通りだ。昨夜、軟禁されていたグレイン子爵邸の客室にて、短剣で胸を刺された司教を館の使用人が発見した。その短剣はお前の所有物だったという」

「待て……。なんだその話は」

アドラスさんは眉間《みけん》に皺《しわ》を寄せ、額に手を置いた。

「俺が司教を秘密裏に殺害するのに、わざわざ自分の短剣を使用したと言うのか？　俺の武具ならいくつか邸内に残してきた。その気になれば、誰でも持ち出すことが可能だ」

「司教がいた部屋に、お前が一人で入っていったとの情報もある。その後中を確認した屋敷の人間たちによって、司教の死が確認された。状況はお前が犯人であると示している」

「確かに俺は邸内から抜け出す前、司教と一対一で会った。だがほんの数分のことだ」

「お前は腕が立つと聞いた。あの老人一人を殺害するのに数秒も必要あるまい」

「お待ちください」

堪《こら》えきれず、口を挟む。思いもよらぬ展開に晒され、未《いま》だ混乱が解けないけれど、第一皇子の主張を最後まで聞く気にもなれなかった。

「ロディス皇子殿下。私はアウレスタ神殿八聖女が一人、ヴィクトリア・マルカムです。どうか発言をお許しください」

ロディス皇子は渋面を作るが何も言わない。それをいいことに、私は言葉を継いでいく。

「先ほどから聞いていれば、あまりにおかしな話ではありませんか。まず、ラウザ司教が亡くなったという話は本当なのですか」

「事実だ。既に州軍の使者が現地に赴き、司教の遺体を確認している」

「それはあまりに早すぎます。アドラスさんによる殺害とするなら、司教は昨夜に亡くなったということになりますよね。それなのにあなた方はその情報を既に摑《つか》んでいて、使者を送って実際に司教の死を確認しているという。緊張関係にあった東部と州軍の間で、それほど円滑な情報のやりとりができたとは思えません」

更に言えば、『アドラスさんが司教を殺した』なんて話、たとえ事実だったとしてもグレイン卿《きょう》が外部に漏らすとは思えない。彼にとって、アドラスさんは全ての計画の要なのだから。

それに邸内で司教が殺害されたという話自体、グレイン卿の立場を危うくしてしまうものだ。司教の死を知ったなら、事実を隠蔽《いんぺい》するか、アドラスさん以外の犯人を用意するくらいしてもおかしくはない。

――という意見は喉元《のどもと》に留め置きつつ、私はできる限り毅然《きぜん》と皇子を見据えた。

「司教の死については、事実を知った東部の心ある民たちが、捕らえられていた司教付きの魔術師たちに伝えたのだと聞いている」

ロディス皇子は、ただ事実を読み上げるように淡々と述べる。

「更に彼らは魔術師たちを解放し、州軍に確かな情報が伝わるよう取り計らってくれた。そのため迅速な対応をとることができたのだ」

確かに、魔術師たちの中には転移魔法の使い手がいた。数瞬の間に州軍駐屯地に戻ることは可能だろう。だがこれでは、あまりに話ができすぎている。

「そんな作り上げたような話を根拠に、アドラスさんを犯人扱いするのですか」

「あなたこそ、何を根拠に我々の得た情報を事実無根と断じるのか」

「それは」

「これは帝国の問題だ。外野には黙っていてもらおうか」

慣れない舌戦は、勝負にもならなかった。でも、どんなにみっともなかろうと黙っていることはできない。

私は再び口を開こうとして――そこで、「ふぁーあ」というわざとらしい欠伸《あくび》に割り込まれた。

「いやあ、ボク疲れちゃったなあ。いつまでここで立ち話を続ける気です？」

ベルタさんだった。彼は兵士の合間から顔を出すと、気怠《けだる》げに両腕を上に伸ばした。

「こんな不衛生な場所で一晩明かすなんて、初めての経験だったからさ。このままじゃ肌がガサガサの荒地になっちゃうよ。ここであれこれ話したって不毛だし、とりあえず屋根と壁のある場所へ移動して休みません？」

「……」

張り詰めた空気から、毒気がしゅるしゅると抜けていく。誰もが冷え冷えとした視線をベルタさんに送り、ロディス皇子ですらため息をついて、厳《いか》つい眉《まゆ》をわずかに下げた。

「……ベイルーシュ。邪魔をするな」

「お邪魔なんて、とてもとても。でも、こんな陰気な森で皇子様二人を立たせていたって仕方がないでしょう。アドラスくんもさ、司教殺害なんて言われて腹が立つのは分かるけど、ここで問答したって仕方がないよ。それよりお腹の怪我を診てもらった方がいいんじゃない？」

ベルタさんの提案には、諭すような響きがあった。

アドラスさんは、地に置いたばかりの剣に視線を落とし——次いで私とリコくんを見る。視線が合うと、彼がふっと肩から力を抜くのが分かった。

「……分かった、とにかく身柄は預ける。ただし、同行者たちには一切手を出さないと約束してくれ」

「無論だ」

ロディス皇子は短く答える。同時に兵士たちが進み出て、アドラスさんを拘束しようと手を伸ばす。

「アドラス様……！」

リコくんが声を漏らす。アドラスさんは振り返り、「心配するな」と微笑むのだった。

第七話

司教殺害の容疑をかけられてから数えること四日。アドラスは、この日七度目の台詞《せりふ》を口にした。

「俺は殺していない。だから、これ以上話せることもない」

一音ずつに力を込めつつ、「どうか伝わってくれ」と願うが、

「――だが状況と証拠から、あなたの犯行であるとしか考えられません」

尋問官が口にしたのは、やはりこの日七度目の台詞だった。

脱力して、背筋を力なく折り曲げる。痛みにも逆境にも強い彼だが、この無限に続く問答には心が折れそうになっていた。

「なあ。何度このやりとりをすれば気が済むんだ」

「あなたの罪が明らかになるまでは、何度でも」

つまりは永遠に、ということである。

「勘弁してくれ……」

繰り返される不毛な応酬にすっかり疲弊して、アドラスは眉間《みけん》に皺《しわ》を刻み込んだ。

——帝都に到着してすぐ、アドラスは王宮地区に位置する帝都の留置所へと連行された。さてこれからどんな過酷な拷問劇が幕を開けるのか、と思いきや、意外にも与えられた部屋は清潔かつ整っていて。彼を案内する担当官は腰が低いし、腹の傷も医者がすぐに駆けつけてきて、それは丁寧に診察してくれた。用意された服も上質で、手持ちのものより立派なくらいだった。

あまりの好待遇にアドラスは面食らったが、やがて「自分は貴人として扱われているのだ」と理解した。貴人とは、罪を犯していたとしても尊いものらしい。

尋問にしても、通されたのはなかなか瀟洒《しょうしゃ》な部屋だった。床には艶《つや》やかな木目タイルがモザイク様に敷き詰められ、置かれた椅子にも机にも、見事な装飾が施されている。この部屋にあっては、手足を縛る枷《かせ》の方が異質だった。

しかしそこからが厄介だった。

いざ尋問が始まると、尋問官は丁寧に低姿勢に「さあ罪を告白しろ」とアドラスに迫った。それにやっていないと彼が返せば、無限の問答が先ほどのごとく続いたのである。下手な拷問より、よほど効果的な一手だった。

——こうなったら、尋問中は居眠りしてやろうか。

冗談のような対抗策を、半ば本気で検討し始める。突然扉が開かれたのは、ちょうどその時だった。

「失礼する」

現れたのは、六十半ばを越したあたりの男だった。体格を見るに武人ではないようだが、体の線に緩みはない。豊かな毛髪は丁寧に撫《な》でつけられ、口元を覆う髭《ひげ》は洒落《しゃれ》た形に整えられている。

いかにも貴族然とした男の姿を認めると、尋問官は慌てて椅子から立ち上がった。

「アルノーズ閣下！　なぜこちらに」

その名を聞いて、アドラスは瞠目《どうもく》する。

アルノーズ侯爵。幾度も名前を聞き、自らの命を狙う黒幕とも疑った人物が、この老人であるというのか。

つい不躾《ぶしつけ》に眺めてしまうが、冷酷で悪辣《あくらつ》という評判に反し、実物の侯爵はもの柔らかな笑みを浮かべていた。

「エミリオ殿下とお話ししたいことがあってね。済まないが、しばらく席を外してもらえないか」

「……は、直ちに。私は外で待機しておりますので」

話の内容も訊《き》かずにあっさり了承して、尋問官はそそくさと部屋を後にする。

法に関わる人間がそれでいいのか、と口を挟みたくなるが、堪《こら》えてアドラスは尋問官を見送った。ここで彼を引き止めても、あの無益な応酬に引きずり戻されるだけである。

扉が閉じられたところで、侯爵は身を翻して優雅に一礼した。

「エミリオ殿下。私はオルドア・アルノーズと申します。突然の訪問を、どうかお許しください」

「アルノーズ侯爵閣下。お噂はかねがね聞いている」

手足を拘束されているのをいいことに、アドラスは腰掛けたまま鷹揚《おうよう》にうなずいた。視線を向かいの椅子に流し、侯爵に着席を勧める。

しかし警戒は怠らず、椅子を引き寄せ腰掛ける侯爵の姿を念入りに観察した。今のところ、侯爵の挙措に不審な点はない。武器を隠し持っているわけでもないらしい。

「この度は、誠に残念であると言わざるを得ませんな」

完全に腰を下ろしたところで、侯爵はそう切り出した。

「ラウザ司教がお亡くなりになり、しかもその容疑者がエミリオ殿下であるとは。一人の国民として、残念でなりません」

「俺は、あなたが殺したのではと疑っているのだが」

余計な会話が面倒だったので、アドラスは本音を叩《たた》きつけることにした。もう遠回しな会話には嫌気がさしていたのだ。

「……それはそれは。どうしてそうお考えになるのです、私がフェルナンド殿下の祖父だからですか」

侯爵は笑顔を崩さなかった。しかしその張りついた笑みに、アドラスはますます確信を深めた。

「勘だ。そもそも司教がグレイン領に送り込まれたのは、あなたの提案が発端だと聞いたぞ。俺を陥れるのにこれほど大掛かりな真似ができるのも、あなたぐらいなものではないのか」

「できない、と否定はしませんが。そうした発言は、証拠を揃えてから言っていただきたいものですな」

形だけ遺憾の意を示すように眉《まゆ》を寄せながら、侯爵は胸に手を置いて、悲しげに首を振った。

「私としても、心を痛めているのです。私が無理を言って議会を動かし、ラウザ司教を派遣したせいで、あの方は凶刃に倒れることになったのですから」

「そこが不思議なのだが。あなたはなぜ、議会を焚《た》きつけて加護を証明する儀を行った。俺に加護があると判明して、一番困るのはあなただろうに」

皇位継承権の順位は単なる番号表記に過ぎず、一位でも十位でも等しく皇帝になる可能性があると言われている。だから孫を実質の継承候補者筆頭にしようと、侯爵があらゆる手を用いているという話は、アドラスも耳にしていた。

だからこそ解せない。なぜ侯爵は、わざわざ自分の不利を招くような真似をしたのか。

「この騒動には、私自身にも非があるからです」

迷うような間のあと、侯爵は密《ひそ》やかに告白した。アドラスはわずかに首をかしげる。

「非だと？」

「我が娘ナタリアと、クレマ妃の出産時期が重なったことについてはご存知でしょう。

そのせいでクレマ妃はひどく追い詰められ、私がエミリオ殿下の命を狙っているという妄想に囚《とら》われるようになってしまいました。私の存在が、あの方のお心を乱してしまったのです」

「つまり、あなた自身にエミリオへの殺意はなかったとおっしゃるのか」

「当然です。帝国臣民が皇帝陛下の御子の命を狙うなど、あってはならぬことでしょう」

「おかしいな。俺はクレマ妃の手紙が見つかってからというもの、あちらこちらで命を狙われ、先日は腹を刺されたが」

「それは、一部の心無い連中の仕業かと。司教殺害事件とはまた別に、こちらも調査を進めていると聞きました」

さりげなく、司教殺しとアドラスが命を狙われた件は無関係として流される。なるほどどこの御仁の面の皮は相当厚いようだと、アドラスは心の内で警戒を強めた。

それに彼は知っている。

クレマ妃の疑心は的外れなものではなかった。あの女呪術師の言葉を信じるならば、アドラスは幼子の頃に、この男によって死の呪いを差し向けられているのだ。

「とにかく私は、クレマ妃が心を病まれた件について、責任を感じていたのです。ですからエミリオ皇子生存の可能性ありと聞いた時、心に誓いました。亡くなったクレマ妃のためにも、あなたの出生の秘密を明らかにしようと。もしあなた様が誠にエミリオ皇子であったなら、我が孫の継承権はお譲りしようと……。なればこそ、議会に働きかけ、司教を東部に送り出したのです」

拳《こぶし》を握って語り出された言葉には、聞く者の胸を打つような、真摯《しんし》な響きが込められていた。

だが、対するアドラスの表情は、微動だにしない。むしろその横顔は、下手な道化を眺めるように冷めきっていた。

「……あなたは皇子どころか皇室の人間でもないのに、まるで継承権を我が物であるかのように話すのだな。帝位継承権とは、あなたの一存で付け剝《は》がしが可能なものなのか？」

「おっと、そう聞こえてしまいましたかな。これは失礼しました」

自らの失言を恥じ入るように、侯爵は顔を伏せようとする。だがアドラスは、構わず彼の顔を覗《のぞ》き込んだ。

二対の眼球が、両者の姿を互いに映す。間に流れる空気は、次第に温度を失っていく。

「アルノーズ侯爵、能書きは結構だ。さっさと目的を教えてくれ。あなたが吐き出す言葉は聖人君子のようだが、瞳《ひとみ》は猛禽《もうきん》のようにぎらぎらと光っているのだから、気味が悪くてかなわん」

「……これは手厳しいな」

答える声は、心底愉快そうだった。

慎ましい臣下の演技は無意味と考えたのか、侯爵は柔和な顔を野心家のそれに切り替えた。すると、先ほどの穏やかな老人の姿は、影も形もなく消えてしまう。

「まあいい。取り繕う必要がないと言うなら、こちらも遠慮なく行かせていただこう。

——アドラス・グレインくん？」

「ぜひそうしてくれ」

ようやくまともな会話ができそうだと、アドラスは心の内で安堵《あんど》する。

だが侯爵が語りだした内容は、彼の予想を飛び越えていた。

「二日後、議会で君の継承権に関する審議が行われることは知っているかね」

「二日？……ずいぶん早いな」

「皇帝陛下の容体が悪化していてね。万が一崩御された場合に備え、次の候補者をはっきりさせる必要があるという意見が多数出たのだ」

侯爵は椅子から立ち上がり、ゆったりと室内を歩き始めた。カツ、カツ、と靴底が床を叩《たた》く音が連なる。

「私としても、この件が長引くのは本意ではない。できることなら、君には二日後の審議で手早く罪を認めてほしいと考えている。そうすれば、君が継承権を得ることはまずないだろう」

「そう言われて俺がうなずくと思うのか。脅し文句はもう少し練った方がいいぞ」

呆《あき》れたように言って、背後に回った侯爵を振り返る。

折しも格子が嵌《は》められた窓から、血肉を溶かしこんだような夕日が差し込んでいた。

侯爵の姿が、不気味な橙《だいだい》色に染められていく。

「君は自分が罪を逃れた場合のことを、考えていないようだ」

侯爵は嘲《あざけ》りを隠すことなく、滑らかに語り出した。

「君が犯人でないとなると、子爵邸内に犯人がいたということになる。その場合、次に疑われるのはグレイン卿《きょう》だ。なにせ、司教を邸内に監禁したのは彼なのだからね」

「……」

声を出さないまま、アドラスは目を見開く。侯爵は優位を確信したように、口元を半月状に歪《ゆが》めた。

「君ならば、出自を鑑みて減刑もされるだろうが、グレイン卿となるとそうもいくまい。さらに彼には、君を利用して反乱を企てた前科もある。果たしてどれほどの刑が科されることになるのかな。彼に唆されて連合に加盟した連中も、ただでは済まないだろう。最悪、東部地域一帯が粛清の対象になるかもしれない」

「そうなる前に、あんたの悪事が暴かれるだろうさ。司教殺害は、あんたの指示なのだろう」

答えを迫るアドラスの視線を、侯爵は真っ向から受け止めた。老獪《ろうかい》な笑みが、ますます深まる。

「多少知恵が回る者であれば、私がやったと考えるだろうな。だがそれがなんだ。証拠などない。他に容疑者がいる。それで十分だ」

「人々が求めているのは〝己にとって都合のいい結果〟だ。真実など、誰も求めてなどいないのだよ。『大多数にとって、私を犯人とするより君やグレイン卿を犯人にした方が、都合がいい』。だから、私は犯人にはならない」

あまりの言い分に、アドラスは次なる言葉が見つからなかった。

だが、気づいてしまう。

都合のいい解釈に飛びつく人間たちを、彼はこれまで大勢見てきたではないか。

アドラスを皇子と信じて疑わなかった、伯父や東部の貴族たち。こちらを物乞《ものご》いと断じて侮ってきた、騎士ボラード。そして、出生の謎から目を背け、自分が皇子であることを頑《かたく》なに否定しようとしてきた、アドラス自身――

「君が罪を抱えてくれるなら、東部に累が及ばぬよう取り計らおう。だが、断固として己の無実を貫くと言うのであれば、次なる罪人はグレイン卿と愚かな東部の連中になると断言する。……よく考えたまえ。〝君にとって都合のいい結果〟は何かね――」

勝利を確信した笑みと共に、肩に手を置かれる。

しかしその手を、振り払うことはできなかった。

薄く濁った灰色の雲が、風に押されて天を揺蕩《たゆた》う。

その真下では、白銀の尖塔《せんとう》が林立した巨大な建造物が、天に向かって屹立《きつりつ》していた。

あれこそがエデルハイド帝国の宮殿、剣皇宮だ。曇天の下にあっても壮麗な輝きを放つ彼《か》の建築は、帝国皇帝の居城であり、現エデルハイド王朝の中枢でもある。

——あのどこかに、アドラスさんがいるのだろうか。

見えるはずもない彼の姿を探して窓に張りついていると、背後で扉を叩《たた》く音が響いた。

「聖女様。ベイルーシュ卿が面会にいらしていますが、お通ししてもよろしいですか」

「ベルタさんが？……どうぞ」

急いで窓から離れて、カーテンを閉じる。代わりに壁際のトグルを摘まみ上げると、室内の照明がぱっと光って周囲を照らした。

帝都に到着してから、もう五日が経つ。その間私は、帝都高級地区にほど近い、皇室所有の客館に軟禁されていた。

蛇口を捻《ひね》れば泉のように水が溢《あふ》れ、トグル一つ切り替えるだけで魔灯が煌々《こうこう》と照ることの空間は、これまでにないほど贅沢《ぜいたく》だった。けれど扉の外は屈強な帝国兵で固められており、空気は常に張り詰めている。アドラスさんの安否も分からないままこの中で寛げるほど、私の腹は据わっていなかった。

客人はベルタさんが初めてだ。一体何の用だろう。司教殺害の調査が進んだのだろうか。それとも、証言の相談？

衣服を正しながら、期待を込めて扉が開くのを待つ。

やがて姿を現したのは、ベルタさんとリコくんと――私がよく知る人物だった。

「久しぶりね、ヴィクトリア」

「……ミア。どうしてここに」

驚きのあまり、声が震える。

紺地の神官服に、二つに結った黒い髪。その少女は、見紛《みまご》うことなき私の同期ミア・カームだった。

「どうしてここに、ですって？　そんなの、罰の半ばで逃げ出したあなたを連れ戻すために決まっているじゃない」

何て愚かなことを聞くのか、とでも言いたげにミアは眉間《みけん》に皺《しわ》を寄せた。

「オルタナ様は大層お怒りだわ。もう、あなたを擁護しようとする人間もいない。この落とし前は、きっちりつけてもらうわよ。神殿に戻ったら、覚悟することね」

「おっとぉ。カーム上級神官？」

ベルタさんがミアの名を呼ぶ。むっとして振り返るミアに、彼はいつもの軟派な笑みを向けた。

「物見の聖女サマは、誠に遺憾ながら我が帝国国民によって誘拐されてしまった。そのため帝国議会はあなた方の要請を受けて、東部の地から彼女をお救いし、神殿へ返還する次第となった。――そうですよね？」

「……ふん」

なんとか舌打ちを堪《こら》えるように、ミアは唇を噛《か》んで私に向き直った。ベルタさんの方を見ないまま、彼女はぶっきらぼうにこう答える。

「分かっておりますわ、ベイルーシュ卿。そちらのご要望についても、主席聖女オルタナ様から概ね了承を得ております。ご心配なさらずとも結構です」

「どういうことですか」

彼らのやりとりの意味が分からなくて、ミアとベルタさんを交互に見る。二人は一度視線を合わせ、それからミアが口を開いた。

「分からないの？　本来ならばあなたを脱走犯として処理するところを、『帝国の人間に誘拐された』ということにして、温情をかけてやるって言っているのよ」

「え……」

「それだけじゃないよ。東部で色々ご迷惑をおかけしたぶん、我々なりにヴィクトリア様の今後の処遇について神殿に申し奉ったのさ。『この方を追放に処すのは、あまりに無情な判断だ』ってね」

「良かったわね、ヴィクトリア。帝国の意向を受けて、神殿はあなたの追放処分を見送るそうよ。もちろん聖女位は剝奪《はくだつ》するけれど」

そう言ってミアが鋭い視線を向ける先は、私ではなくベルタさんだった。

漂う空気から察するに、二人はすでに私の処遇を巡って、何かしらの駆け引きを終えたあとのようだ。そうでなければ、神殿が私への処罰を甘くするなんて考えられない。

『彼女が今後も安全に過ごせるよう、取り計らってくれないか』

子爵邸にて、アドラスさんがベルタさんに持ちかけた取引が思い出される。

きっとベルタさんは、彼なりにその約束を果たそうとしてくれたのだろう。でも……

「ごめんなさい。今は、神殿に戻れません」

ミアとベルタさんに向けて、頭を下げる。

「聖女の印は必ず返す。それに、どんな処分を下されようと甘んじて受ける覚悟もあります。だけど、アドラスさんの件を放って神殿に戻ることはできない。私には彼の同行者として、彼の無実を訴える義務が――」

「そんなこと、許すはずないでしょう」

私の主張は言い切ることすら許されず、冷ややかに遮られた。

「教会の司教殺しに関する詳細は、既にベイルーシュ卿から聞いているわ。……ねえ、あなた分かっているの。本来ならあなたも、司教殺しの一味として捕らえられてもおかしくない状況だったのよ。そうなったら、どれだけ神殿の名誉が損なわれていたと思う？」

「だけど人が殺されて、しかもその罪が無実の人に着せられようとしているの。それを見て見ぬふりするなんて、許される行為ではないわ」

「本当に無実なの？　殺しているかもしれないじゃない」

「な……」

あまりに無遠慮なミアの発言に、顔が強張《こわば》るのが自分でも分かった。

尚《なお》もミアは躊躇《ちゅうちょ》なく、畳み掛けるようにまくし立てる。

「無実だという証拠はあるの？　あなたはその男にずっとはりついて、一挙一動を全て監視していたわけ？　確実に、その男がやっていないと証明できる？」

「それ、は……」

何か言わなければ。

そう思うけど、口元からは喘《あえ》ぐような呼吸ばかりが繰り返されて、叩きつけられたどの言葉にも言い返すことができない。

そんな私に、ミアは侮蔑《ぶべつ》混じりのため息をついた。

「ほら。私相手にすらまともに抗弁できないじゃない」

「アドラス様は、理由なく殺人を犯すような人ではありません。あの人のことを何も知らないくせに、勝手なことを言わないでください！」

見かねたリコくんが、眉《まゆ》を跳ね上げ口を挟む。

しかし見知らぬ少年の敵意など痛くもかゆくもないようで、ミアは素っ気なく言葉を返した。

「そこまで確信があるなら、あなたがその男の無実を主張すればいい」

「僕が？　でも……」

「あなたもヴィクトリアと同じ現場にいたのでしょう。なら、証人は足りている。わざわざ神殿の人間をここに残してやる必要はないわ。それにあの男は、愚かにも神殿からの救済の申し出を断っているのよ。それなのに、私たちが危険を冒してまで手を差し伸べてやる必要がどこにあるの」

申し出を、断った？　初めて耳にする情報に、思考が一瞬ぴたりと止まる。

救済の提案があったなんて、私は聞いていない。アドラスさんは「神殿からは門前払いを食らった」と言っていて——

ふとリコくんに顔を向ける。彼は何度か瞳《ひとみ》の色を揺らがせたあと、口をまっすぐに結んで顔を伏せた。

「ん――……、カーム上級神官殿？　ちょっと席を外していただいてもいいかな？」

そこで進み出たのはベルタさんだった。彼はミアの前に立つと、彼女ににこりと微笑みかけた。

「あら。私に聞かれてはまずいことでもあるのかしら」

「いやだな。そうに決まっているじゃないですか」

ベルタさんは愛想のいい笑みの上に、有無を言わさぬ凄《すご》みを乗せる。ミアは物言いたげにしていたけれど、無言の圧力を察したらしい。「あまり待たせないでもらいたいわ」とだけ残して部屋から出て行った。

その後ろ姿をリコくんは怒りたっぷりに、ベルタさんは疲労たっぷりに見送る。次いで扉がばたんと閉まると同時に、彼らは深い吐息を漏らした。

「――あのコ、キッすぎじゃない？　一対一で交渉しているあいだ、三回くらい泣かされそうになったんだけど」

ベルタさんは腕を組んで大げさに体を震わせた。場を和ませようと振る舞っているようだけど、私は黙って次の話題を待つ。

こちらの視線に気がついて、やがて彼は諦《あきら》めたように姿勢を正した。

「アドラスくんが、罪を認めた」

「え……。アドラスさんが？」

思いがけない言葉に、私は立ち尽くす。

リコくんを見やると、彼は苦痛を噛み締めるように表情を歪《ゆが》めていた。既にこの話を聞かされているらしい。

「罪を認めたって、どういうことですか」

「言葉のままさ。『自分が皇子であると認められたら、大きな混乱が生じてしまう。それを防がねばと焦って、唯一の証人である司教を殺害した』と尋問中に彼が言ったんだ」

焦って、殺害した？

彼らしさの欠片《かけら》もない言葉を突きつけられ、怒りに似た感情が湧き起こる。そんな馬鹿な話、信じられるはずがない。

「本当に、アドラスさんがそう言ったのですか。魔術で操られている可能性は」

「精神操作はされていないよ。それは確認済みだ」

「信用できません。私が直接確認します。だからアドラスさんに会わせてください。やってもいない罪を、あの人が認めるとは思えません」

「駄目だ。君は神殿に戻るんだ」

願いはすげなく却下される。それでも食い下がろうと口を開きかけたところで、ベルタさんは私の両肩に手を置いた。

「ヴィーちゃん。本当はみんな、分かっているんだよ」

私を見つめる翠色《みどり》の眼は、幼子に言い聞かせるように穏やかだった。

「帝国貴族だって、馬鹿ばかりではない。きっと大勢の人が、これはアドラスくんを陥れるための策略だと気づいているはずさ。……その裏に、アルノーズがいることもね」

「そこまで分かっていながら、どうして」

「そこまでしか分からないんだよ」

私の言葉に重ねて、ベルタさんは首を振った。いつもは軽やかな彼の声が、今は鉛のように重かった。

「証拠もなく侯爵を糾弾したって、ただ手強《てごわ》い敵を増やすだけだ。一方、アドラスくんが司教を殺害したと処理してしまえば、煩わしかった東部連合を簡単に瓦解《がかい》させた上で、何事もなかったかのように権力争いの続きに勤しむことができる。……議会の大多数は、『後者の方が、都合がいい』と考えるだろうね」

「だから真実に蓋《ふた》をして、都合のいい嘘を受け入れると？」

ベルタさんの表情がわずかに曇る。私の問いに彼はうなずかなかったが、否定もしなかった。

「既に司教の遺体は回収されている。現場も手が入ったあとだろう。そしてほぼ確実に、グレイン領内には複数の内通者がいる。それは、分かっているね？」

「……はい」

ずっと考えていたことだ。

司教の殺害と、アドラスさんに罪を着せるための偽装。これら一連の犯行を外部の人間が行うのは、どう考えても不可能である。あの屋敷に出入りできる人物の中に、敵の内通者がいるのだろう。

いや、それだけじゃない。かつてアドラスさんは「領外に出たとたん、命を狙われるようになった」と話していた。そして今回も、密《ひそ》かに子爵邸を抜け出したというのに、私たちの行き先を知らないはずの敵たちが、待ち構えていたように駐屯地近くに潜んでいた。

これも内通者の仕業だろう。しかもその人物は、私たちの逃亡を手伝った人の中にいる。

「そこまで状況ができ上がっていてさ。君に何ができるんだい」

ひどく単純な問いを投げかけられる。だけど私は、すぐに答えることができなかった。

「……それは。司教様が亡くなった場所を調べてみないと」

「今から子爵邸に戻って調査をしたって、何かが見つかるとは思えないな。きっと犯人の痕跡《こんせき》なんて、とっくに消されちゃっているよ。それに、君の能力で司教の霊から真実を聞き出せたとしても、君の主張に耳を貸す人間はいないだろう。最悪、アドラスくんを庇《かば》うために、君が証言を偽ったと言われる可能性だってある」

穏やかな口調のまま、ベルタさんが語る言葉の数々は辛辣《しんらつ》だった。それに反論できないのは、彼の話が正しいからだ。

私には、何もできない。

「そうなったら、ただでさえ不安定な君の立場が更に悪くなるだけだ。それは、アドラスくん本人も望んでいないことだと思う。何よりあの彼が、〝罪を認めること〟を選んだ。つまりそうしなければならないような状況に、彼が立たされているってことになる」

「……ロディス皇子は」

藁《わら》にもすがる気持ちで、あの皇子の名前を出す。

「ベルタさんは、ロディス皇子殿下の陣営にいるのでしょう。あの方にご助力いただくことはできませんか。アドラスさんの無実を証明することは、殿下にとっても――」

「それは無理だ」

突き放すような声だった。この時はじめて、ベルタさんの顔に怒りが宿った。

「あの人は次の皇帝になるべき人物だ。今ここで、アドラスくんを助けるという目的のためだけに、アルノーズごときと足の引っ張り合いをさせるわけにはいかないんだよ。君があの人を巻き込もうとするなら、アドラスくんとの約束を反故《ほご》にすることになっても、ボクはこの件から手を引かせてもらうよ。そうなったら神殿は、再び君を排除しようとするだろうね」

「それでも結構です。元より処分は覚悟していましたから。だから――」

「ヴィーさん、だめです」

ずっと沈黙していたリコくんが、突然声を張り上げた。

「どうか、それだけはやめてください」

「リコくん？」

彼は瞳に涙を溜《た》めていた。潤む瞳が、訴えるように私を見つめる。

「アドラス様は、あなたのことを助けたかったんです。だから、あんな無茶をして……。それなのにあなたが助からなかったら、きっとあの人はすごく怒ります」

抑えきれぬ感情を一つ一つ形にするように、リコくんはたどたどしく言葉を継ぐ。

彼が語り出したのは、私が懲罰房を抜け出すより、少し前の話だった。


グレイン領を抜け出し、いくつかの襲撃を切り抜け、ようやくアウレスタ神殿の前に到達したアドラスとリコを待ち受けていたのは、固く閉じられた石の門だった。

「緊急の事案につき、本日より七日間、部外者の立ち入りは一切禁じる」

そう言って警備たちは、門の前に詰め寄せる信者たちを散らそうとする。あちこちから不満の声が湧き出るが、いくら待てども門が開かれる気配はなく、やがて諦めた人が一人、また一人と去っていき、いつの間にか門前に立つのはアドラスとリコのみとなっていた。

「少し様子を見てくる」

聳《そび》える門を見上げながら、散歩にでも出かけるような調子でアドラスがつぶやいた。中に入れないのに何を言っているのか、とリコは呆《あき》れて顔を上げたが、その時には主人の姿は忽然《こつぜん》と消えていて。やがて「神殿内に不審な男が立ち入った」と警備たちが青い顔をして話しているのを耳にした時、「ああやられた」とリコは大いに頭を抱えた。

そんな無茶な男、アドラス以外にありえない。

その後、「その男は自分の身内だ」と訴え、神殿の中に入れてもらうよう警備たちに頼み込むこと約半日。ようやく立ち入りの許可を得て神殿の中へと足を踏み入れたのは、とっぷり日が暮れた時刻のことだった。

若い神官に誘《いざな》われ、香の煙がくゆる廊下を足早に進む。そして辿《たど》り着いた部屋では、アドラスと見知らぬ女性が何やら話し込んでいた。

「おう、リコ」

リコの姿に気がつくと、アドラスは軽い口調で呼びかけてくる。

変わらぬ主人の姿にほっとしつつ、さっそく小言の雨を降らせようとリコは口を開きかけ――アドラスの前に腰掛ける女性の姿を二度見して、全身を凍りつかせた。

彼女が纏《まと》う神官服。その色が、混じりけのない白だったのだ。この神殿で白を着ることが許されている人間は、たった八人しかいないはずなのに。

「オルタナ殿。こいつは俺の従士で、リコという。このまま同席させてもよろしいか」

――オルタナ!?

更なる驚愕《きょうがく》に、リコは飛び上がった。驚きすぎて、叫び声すら出なかった。

オルタナと言えば、聖女の中でも最高位に存在する、この世で最も清らかで尊い人物ではないか。なぜそんな神に近しい御人が、アドラスと会話しているのか。

一方のオルタナはリコのことなど毛ほども興味がないようで、「構わない」と短く答えると、途切れた会話の続きを口にした。

「アドラス・グレイン殿。話を聞いて、およその事情は理解した。確かに貴殿は非常に難しい立場にあるようだ。それなのに、先刻は話も聞かず失礼した」

話題はアドラスの境遇についてだったらしい。

大して申し訳なくなさそうに、オルタナは淡々と謝罪する。かと言って開き直るような横柄さもない。単にこの人は、感情が表に出ない性質であるようだ。

「加えて帝国内に紛争の兆しありということであれば、我らが介入するに十分な理由があると言えるだろう。貴殿が望むなら、我々もできうるかぎりの協力をしたい」

「……！」

つまり、神殿が助けてくれるということか。「霊が見える聖女がいるらしいぞ」と言ってアドラスが荷支度を始めた時にはどうしようかと思ったものだが、事態は予想以上に好転しているらしい。神殿が味方になってくれたら、貴族たちもアドラスに手出しはできなくなるだろう。

嬉《うれ》しくなって、リコはこっそりアドラスに視線を向けた。しかし彼の主人の顔は、お世辞にも晴れやかとは言えなかった。

「ならばこの件。物見の聖女にご助力いただけるのか」

「それはできない」とオルタナは即座に否定した。

「あれは既に追放処分が決まった身だ。貴殿には、こちらが選定したしかるべき神官を用意しよう」

どういうことだろう。意味が分からずリコは首を捻《ひね》る。

追放処分とは、穏やかならざる話だ。物見の聖女は何か罪でも犯したのだろうか。

だが今は、他者を心配していられる余裕も、救いの手を選べるような余裕もアドラスたちにはない。助けてくれるのなら、物見の聖女であろうとただの神官であろうと、喜んでお迎えするべきだろう。

――とリコは考えたのだが。当の本人であるアドラスは、オルタナの発言に不満を露《あら》わにするのだった。

「困ったな。先ほど説明したように、事態解決に彼女以上の適任はいないと思うのだが。

本当に、他の神官が俺の出自を明らかにすることはできるのか？」

「な。アドラス様――」

　ここまで来て、この人は何を言うのか。すかさず咎《とが》めようとするが、リコが声を出すより早く、アドラスは続ける。

「『物見の聖女は真実を見通す』のだろう。俺も、真実を知りたい。だからここは偉大なる先見の聖女の言葉を信じて、彼女の力をお貸しいただけないだろうか」

「……」

「それとも、そうまでしても彼女を遠ざけたい事情でもおありなのか」

　オルタナはしばらく沈黙した。居心地の悪い静寂が、室内を満たす。

　やがて彼女は大きくため息をつくと、「先見の聖女か」と小さくつぶやいた。その声は、毒を含んでわずかに重かった。

「三十年前、とある小国で妙な疫病が流行《はや》り始めた」

　オルタナが唐突に語り出す。リコたちは顔を見合わせるが、不思議と口を挟めぬ空気があって、そのまま聖女の言葉に耳を傾けた。

「厄介な病だった。治療法も発生源も分からない。ただ、発症した者の多くは高熱にうなされたのち、息を引き取るという経過を辿《たど》った。病の広がりも極めて速く、周辺諸国が疫病の脅威に気づいた時には、その国では町一つぶんの死者が積み上がっていた」

　夜陰に沈みかけた部屋を、卓上の小さなランタンがひっそりと照らしていた。揺らぐ灯が、オルタナの表情に影を作る。

「神殿はすぐさま医療に長《た》けた神官たちを現地に向かわせた。明確な治療法はなかったが、彼らは命を懸けて病人の治療にあたってくれたよ。残念ながら患者の多くは命を落としたが、徐々に疫病の広がりは衰え、生き延びる患者が増えるようになった」

その口振りは伝聞と言うより、当事者のものに近い。事実彼女の目は、遠い過去を見ているようだった。

「だがある時唐突に、その国から退去するよう神殿から通達があった。派遣された神官たちはこの指令に抗《あらが》ったが、一人も残留が許されることはなく、結局彼らはその地を離れることになった」

「……それで、何があったんだ」

「焼却だ」

アドラスの問いに返されたのは、短く冷淡な言葉だった。

「後から聞いた話によると、各国からの求めがあり、当時聖女の末席にいた聖女ジオーラが、疫病の未来を視ることになったらしい。そしてあの方は、疫病が国外まで広く及び、多くの人間が死に絶える破滅の未来を視た。それを知った国々は、徒党を組んで地域一帯を病人もろとも焼き払うことにしたのだ。小さな国だったからな。焼けるのはあっという間だった」

「そんな。それって、虐殺じゃないですか！」

更に言えば侵略だ。他国の人間が国境を越えて地域一帯に火をつけるなど、非道どころの話ではない。

「だが結果として、疫病の蔓延《まんえん》は防がれた。聖女ジオーラも、その件を機に存在を広く知られるようになり、翌年には主席聖女に選ばれるまでになった」

「先見の聖女なら、人の命が奪われることだって分かったかもしれないのに。どうして……」

「私も直接訊《たず》ねたよ。『なぜ破滅の未来を、包み隠さず明かしてしまったのか。未来視の結果を偽り、より多くの人々を救う方法もあったのではないか』──と。それに対する彼女の答えは、『一度でも偽りを口にすれば、自分の予言は今後一切価値のないものになるから』だった」

「予言の、ために……」

先見の聖女の偉大さは、リコもよく知っている。彼女の予言によって救われた人々は、きっと星の数ほどいるだろう。だが彼女の先見の能力は、罪もなく殺された人々よりも価値あるものだったのだろうか。

「それが、先見の聖女の考え方だ。あの方の後継である物見の聖女も、そのようにできている」

ここでやっと、物見の聖女の話に繋《つな》がる。

「例えば貴殿は、自分が本当に皇子だったらどうするつもりだ？　その事実が一度公のものとなれば、帝国内の勢力図は著しく塗り替えられ、血も多く流れることだろう。……だがそれが分かっていても、あれが事実を偽ることはない。先見の聖女も、物見の聖女も、真実こそが至上と考えているからな」

試すようなオルタナの問いに、アドラスは片眉《かたまゆ》を上げた。

「あなたなら、そうはならないと？」

「我々の目的は神の子らの救済であって、真実の探求ではない。たとえ真実を捻《ね》じ曲げることになろうと、人々の秩序と安寧を優先しよう」

聖女の声は、晩鐘のようによく響いた。ともすれば、反道徳的にも聞こえる言葉なのに、そこにはオルタナの決意が込められているようにリコには聞こえた。

アドラスはオルタナをじっと見つめる。だが唐突に、彼は立ち上がるのだった。

「リコ、行くぞ」

「……え!? アドラス様!?」

このまたとない機会を、棒に振るつもりなのか。リコは慌てて主人を足止めしようと試みるが、その頃にはアドラスは身を翻して、部屋の扉に手をかけていた。

「良いのか」

オルタナは平然とした表情のまま小首をかしげた。

「このままでは、破滅するぞ」

「構わん。ご厚意には感謝するが、あなたに俺の真実を預けようとは思えない」

足を止めて、アドラスは振り返る。感情的にも思える行動に反して、彼の瞳《ひとみ》は穏やかだった。

「秩序と安寧のためならば、真実を曲げても構わないとあなたは言う。だが、その安寧とやらは誰にとってのものだ？　俺か？　帝国貴族か？　東部の民か？　真実が明らかとなった時、あなたは誰にとっての利益を優先する？　あなたに選ばれなかった者たちはどうなる？」

矢継ぎ早に並べられた問いに、オルタナは答えなかった。アドラスも答えを求めてはいなかったようで、すぐに首を横に振った。

「あなたの考え方が、悪いとは言わん。だが、あまりに傲慢《ごうまん》だ。あなたは自分の理想のために切り捨てた者にも、目を向けた方がいい」

そうしてアドラスはとうとうその場を去った。その後いくらリコが説得しようとも、彼が考えを改めることはなかった。

「――その数日後、アドラス様はあなたを突然連れ出しました」

そこまで語って、やっとリコくんは深く息を継いだ。

「あの人は、単純でお人好《ひとよ》しなんです。困って困って仕方なかったはずなのに、ヴィーさんが責め立てられているところを見ていたら、いてもたってもいられなくなったのだと思います」

「リコくん……」

「ごめんなさい。こんな話をしても、余計にヴィーさんが辛《つら》くなるだけなのは分かっています。アドラス様にも、このことは絶対に話すなって、何度も言いつけられていました。でも、あの人の選んだことを、無駄にしては駄目だと思うから……」

リコくんの瞳から、涙が滑り落ちる。拭《ぬぐ》ってあげることもできずに、私はただ、彼の涙を眺めていた。

知らなかった。アドラスさんが差し伸べてくれた手にそんな意味があることも、アドラスさんがどんな思いで、私を救ってくれたのかも。

本当に、なんて勝手な人なのだろう。

だけどアドラスさんの思いを、リコくんの願いを、踏みにじることはできなかった。

第八話

　アドラスさんの審議当日。空は忌々《いまいま》しいほど晴れ渡っていた。左右を兵士に挟まれながら館前の大通りに立てば、大型魔獣が牽引《けんいん》する鉄車《てっしゃ》が滑らかな動作で目前に停車する。その先頭では紅の帝国紋章旗と、青の軍旗がはためいていた。国境まではこの巨大で重厚な鉄の箱が、私を運んでくれるらしい。

　物々しい気配に通行人たちはちらりと視線を寄越すが、すぐ興味が失《う》せたようにみな足早に通り過ぎていく。ここの住民たちにとって、この程度は大して物珍しい光景でもないようだ。

　嘆息して振り返ると、道の脇にはリコくんとベルタさんの姿があった。

「リコくん、これまでありがとう。……役に立てなくて、ごめんね」

「はい……」

　リコくんは心ここにあらずといった様子だった。きっと、そろそろ始まるアドラスさんの審議が気になって仕方ないのだろう。

「ま、リコくんはボクが面倒を見るからさ。安心してよ」

と言うのはベルタさんだ。帝国議会議員である彼は、本来アドラスさんの審議に参加しているはずなのだけど、あえてこちらの用事を優先してくれたらしい。

「やりとり禁止ってわけでもないしさ。アドラスくんの今後については、こちらから手紙で報告するよ。ヴィーちゃんは、神殿でまたいじめられないようにね？」

「はい。……ベルタさん、この前は、無理を言ってすみませんでした。神殿と交渉していただけて、本当に感謝しております」

「ああ、それは気にしないでよ。適当にロディス殿下の名前をチラつかせてハッタリかましただけだから。ボク、そういうの得意なんだよね」

本当に得意そうだ。──という意見は心の内に留《とど》めておく。

「それでは、そろそろ行きます。どうかお二人とも、御達者で」

そして頭を下げると、私は車に乗り込んだ。

無機質な外観に反して、鉄車の内装は優美だった。壁は艶《つや》のある木目で、足元には柔らかな絨毯《じゅうたん》が敷かれている。向かい合わせに置かれた長椅子は上質な天鵞絨《ビロード》張りで、その中央には小卓が固定されていた。

長椅子の端には、足を組んで腰掛ける少女《ミア》の姿が一つ。

「いつまでぼさっとしているつもり？　さっさと入りなさいよ」

きつい言葉を浴びせられながら、私はおずおずと中へ進み、彼女の斜め向かいに腰掛ける。

そのあいだ、ミアはずっと私に刺すような視線を送っていたが、ふと頬杖《ほおづえ》をついてぼそりと言った。

「あなた、変わったわね」

「変わった……？」

驚いたことに、ミアの言葉に侮蔑《ぶべつ》や敵意は含まれていなかった。もっと、激しく責め立てられると思っていたのに。

「あなたって、前はもっとぼけっとしていて何を考えているのかよく分からなくて、ふらふらしていて生きているのか死んでいるのかよく分からない、薄気味悪い亡霊のような女だったけど。今は、すごく人間臭い」

「そうかな」

少し面食らいながら、一応頭を下げておく。

「……ありがとう」

「褒めてない！」

ミアは即座に頭を振った。激しく否定する姿は、毛を逆だてる猫のよう。

「むしろがっかりしているの！　少なくとも前のあなたには、あの世に片足を突っ込んでいるような、妙な雰囲気はあった。だけど今は、ただの女そのものよ。ああ、やだやだ。色恋に溺《おぼ》れると、人間ってこんなに腑《ふ》抜けてしまうものなのね。聖女の婚姻が禁じられている理由がよく分かったわ」

色恋に、溺れる？

あまりに意外すぎる言葉を使われて、私はしばらく茫然《ぼうぜん》とした。ミアは時々、斬新な発想をする。

「私とアドラスさんは、そんな関係じゃないよ」

嘘ではない。恋というもの自体がよく分からないけど、彼との関係がそんな甘いものではなかったということだけは、断言できる。

「はあ？　じゃあ、どうしてあの男と逃げたのよ」

「それが、よく分からないの」

「……」

ミアの視線が痛い。だけどそうとしか言いようがない。

アドラスさんの嵐のような勢いに押されて、私は彼の手を取ってしまった。それが、はじまりだった。

「でも、あの人の役に立ちたいと本気で思った。あの人が私を助けてくれたように、私もあの人の助けになりたかった」

だってあの人は、泥沼の中に沈みゆく私を、なんの躊躇《ちゅうちょ》もなく引き上げてくれたから。私を信じて、私に真実を視てほしいと言ってくれたから。

「それなのに。あの人のために何もできない自分が、無能な自分が、忌々しい……」

「あ、あなた。泣いているの……？」

「え？」

指摘されて、頬に触れてみる。ミアの言う通り、確かに私は涙を流していた。それも、ぽろぽろと子供のように。

「わ。本当だ、泣いている。何年振りだろう」

「……」

ミアは化け物でも見るかのように、頬を引き攣《つ》らせて絶句していた。しばらくすると、震える手で懐から麻布を取り出し、私に向けて突き出してくる。

「……ほら。拭《ふ》きなさいよ、みっともない」

「ありがとう」

素直に受け取って、涙を拭《ぬぐ》う。そうする私をしばらく眺め、ミアはつんとそっぽを向いた。

「鬱陶《うっとう》しいから、めそめそするのはやめてくれない？　視るくらいしか能がないんだから、視界くらいはっきりさせておきなさいよ」

『泣くんじゃないよ。目玉しか取り柄がないのに、視界を悪くしてどうするんだい』

ミアの言葉に、突然ジオーラ先生の声が重なる。驚いて、私は伏せていた顔を撥《は》ね上げた。

ミア以外、誰もいない。当たり前だ。先生はこの手で看取《みと》ったではないか。

『さあ、よく見るんだ。一つの視点に囚《とら》われるな。あらゆる角度で物を見ろ。違和感を放置するな。矛盾を突き詰めろ』

……ああ、これは私の中に染み付いた先生の声だ。久しぶりに泣いたせいで、気持ちが郷愁的になっているのだろうか。幼い頃は先生に厳しいことを言われる度に、こうして涙を流したものだ。

「神殿に帰ったら、泣く暇もないくらい忙しくなるわよ。覚悟しておきなさい。――あぁでも、誰かの助けを期待しないことね。いくら清純を気取ったって、みんなから見れば、あなたは『懲罰中に男と逃げた愚か者』なんだから」

『視点を変えれば見え方も変わる。だから一つの解釈に満足するな。視えているものが本当にその通りなのか、よく考えるんだよ』

そう。人は見えたままに、物事を解釈してしまう。

私も、違和感に適当な理由をつけて一つの視点に拘《こだわ》りすぎていないだろうか。矛盾を放置していないだろうか。

――クレマ妃の手紙。

――加護の証明を先導したというアルノーズ侯爵。

――グレイン領に残ろうとしたラウザ司教。

――かつてエミリオ皇子に放たれたという、死の呪い。

『ほら。お前にはもう、視えているんだよ』

「……あ」

一つの視点を変えた瞬間。

これまで視えていたものが、ぼろぼろと崩れ去る。

信じ込んでいたものが、音を立てて瓦解《がかい》する。

そう、私にはもう視えていたのに。

誰の目にも、映っていたのに。

「……」

「何よ。急に静かになって、気色悪いわね」

静止する私の顔を覗《のぞ》き込んで、ミアは眉《まゆ》を寄せる。ちょうどその時、鉄車がごとごとと揺れ始めた。とうとう、国境に向け走り出したのだ。

……急がなくては。

一つ決意をすると、私は揺れる車内で立ち上がって、向かいに腰掛けるミアの体を強く抱擁した。

「ど、どうしたのよ急に！」

腕の中でミアが体を強張《こわば》らせる。構わず私は、回した腕にぎゅっと力を込めた。

「ミア、ありがとう。お陰ですっきりした。色々迷惑をかけてしまったけれど、私はミアのこと、友達のように思っているから」

「友達？　変なことを言わないでよ」

「でも、さっきだって私のことを慰めてくれたでしょう」

「慰めてなんかない！　もう、さっさと離しなさいよ！」

「分かった。ごめんね」

ミアが身動《みじろ》ぎを始めたので、謝罪をしつつ、ゆっくりと体を離す。

その瞬間。ミアの神官服が、はらりと解《ほど》けた。

「――何をするの！」

咄嗟《とっさ》に前を隠しつつ、顔を赤らめミアが叫ぶ。そんな彼女から手早く腰帯《こしおび》を引き抜くと、私はすぐさま扉に駆け寄った。

「リコくん！　ベルタさん！」

扉をこじ開け、精一杯外に身を乗り出す。幸い鉄車は走り始めたばかりで、まだ離れた路上に彼らの姿を捉《とら》えることができた。

しかし魔獣の歩みはだんだんと速度を増し、ぼうっとしている間にも町並みは視界の中を流れていく。躊躇《ためら》ってはいられない。

「待ちなさい！　あなた、どうするつもり!?」

後ろでミアが喚《わめ》いている。その声に背中を押されるようにして、私は鉄車の床を蹴《け》った。

一瞬の浮遊感のあと、全身が地面に叩《たた》きつけられる。そのまま体は勢いに乗って石畳の上を転げていき、何かにぶつかって、時々跳ねて、やっと動きを止めたのだった。

「ヴィーさん！　何をやっているんですか！」

顔を真っ青にして、リコくんとベルタさんが駆け寄ってくる。さすがにびっくりしたようで、リコくんの顔からは先ほどの沈鬱《ちんうつ》な陰が吹き飛んでいた。

「うわ、血！　頭から血が出ていますよ！」

「これくらい大丈夫」

助け起こされながら、首を振る。強がりではなく、不思議と痛みを感じなかった。

すっくと立ち上がる私を眺めて、ベルタさんは呆《ほう》けたように口を開く。

「ヴィーちゃん、なんて無茶を……。カーム神官はどうしたんだい」

「色々ありまして。彼女もすぐにはこちらを追ってこられないでしょう」

道の向こうへ目を向ける。私という荷を落としたのに、いまだ鉄車は速度を落とさず、どんどんと遠ざかっていく。きっと今頃、ミアは大慌てで衣服を整えていることだろう。

……腰帯のない状態で。

だがそれも、大した時間稼ぎにはなるまい。

私はベルタさんの両手を摑《つか》むと、血が滴るまま彼の顔を真っ向から見据えた。

「ベルタさん、お願いです。今すぐ私を、アドラスさんの所に連れて行ってください！」

「――つまりあなたは、ご自身の短剣で司教を殺害したと？」

「ああその通りだ。俺がやった」

問われる質問全てに、投げやりな肯定を返す。どうせ茶番だ。ならばさっさと終わらせてくれ。……そう考えながら、アドラスは議場内を見渡した。

王宮地区の中心地にある帝国議会議事堂は、天井が巨大なドーム状になっており、頂点にくり抜かれた天窓からは、神の威光が降り注ぐがごとく光が差し込んでいる。

照らされる人々の顔は、どれもが帝国中枢を担う重鎮のもの。更に議席の最前席には、革張りの豪奢《ごうしゃ》な椅子が連なる一帯があり、そこではこの国で最も高貴な人間たち――帝国皇族の面々が腰掛けていた。中にはあのロディス皇子の顔もあって、アドラスは密《ひそ》かにうんざりする。

ロディス皇子の隣にいる若い面々も、皇子皇女たちなのだろう。まさかこんな形で血族とご対面になるとはな、と彼らの顔を順々に眺めるが、残念ながら郷愁や愛着といった感情は湧いてこなかった。

今回の議題はアドラスの血筋の正統性と、彼に対する継承権付与の是非について。はじめに例のクレマ妃の手紙が読み上げられ、その後アドラスの生い立ちについての聴取、二十年前のエミリオ皇子の死についての検討など、比較的まともな話題が続いたが、やがて司教による加護の証明に話が及ぶと、とたんに議場内の空気は裁判めいたものに変化した。

「その短剣はどのようにお使いになりましたか」

「胸を突いた」

「その後なぜ剣を回収しなかったのですか」

「剣を抜けば返り血を浴びてしまうからだ」

「ではなぜ――」

こんな尋問めいた問答に、何の意味があるのか。

しかも全て、用意された質問と回答である。こんなことを繰り返すために国民の血税が消費されているのかと思うと、無性に腹が立った。

アドラスは無意味な質問を繰り返す議員の前方に、悠然と腰掛けるアルノーズ侯爵の姿を捉えた。侯爵はアドラスの視線に気づくと、にっこりと優雅な微笑みを浮かべる。その余裕がなんとも忌々《いまいま》しい。

「……もういい、茶番は結構だ」

気づけばアドラスは、そう口にしていた。

議場内がわずかにざわめく。

「これ以上は時間の無駄だ。俺はアドラス・グレイン。それとどうやら、エミリオでもあるらしい。だが俺は、ラウザ司教を短剣で刺し殺した。これでは継承権を付与するに能《あた》わない。……これでいいだろう」

最後の言葉は、侯爵に向けてのものだった。

予定外のアドラスの台詞《せりふ》に侯爵はやや不満げだったが、異議を唱える様子はない。

「これ以上の審議は不要だ。結果が決まっているのに、時間を引き延ばされるのも面倒だ。異議がないなら、さっさと終わらせてくれ」

言い切って、口を閉じる。

なんとも不本意な結果になったが、これでいい。もともと皇子になりたいなどとは微《み》塵《じん》も思っていなかったし、継承選などまっぴらごめんである。継承権など欲しい連中にくれてやればいい。

自分が罪を被《かぶ》ってやれば、東部への処分も多少は軽くなるはずだ。散々やらかした伯《お》父《じ》たちも、この一件で頭が冷めるだろう。

そう己に言い聞かせ、アドラスは裁定を待つのだった。

――そこに突然、若い女の声が割り入ってくる。

「その話、お待ちください」

扉が開く音がする。続いて響くのは、頼りない小さな足音。

「異議なら、あります」

そして現れたのは、彼がよく知る少女だった。

「あーあ、ロディス殿下がすごい顔でこっち見てるよ。ボク炙《あぶ》り殺されるかも」

「ここまで来たら、何を言っても無駄ですよ。さっさと腹を決めないと」

ベルタさんとリコくんが、小声で語らっている。

二人のやりとりを背中で聞きながら、私はゆっくりと議場内に足を踏み入れた。

擦りむけた手足がひりひりする。だが何より、一斉に私を貫く人々の視線が重苦しい。

一つ大きな深呼吸をしながら、私は全ての視線に応えるように深く頭を下げた。

「私はアウレスタ神殿八聖女が一人、第八聖女ヴィクトリア・マルカムです。此度《こたび》はエデルハイド帝国騎士アドラス・グレイン殿の要請を受け、この地に参りました」

議場内が波打つようにざわめく。

アドラスさんは驚きのあまりこちらを茫然《ぼうぜん》と眺めていたけれど、私が彼の前に立ったところで、火がついたように厳しい声を飛ばしてきた。

「ヴィー！　なぜここに！」

更に彼は、私の背後に佇《たたず》むリコくんとベルタさんを睨《ね》めつける。

「お前たち、何をやっているんだ！　彼女をこのような場所に引き摺《ず》り出しては――」

「アドラスさん、お静かに」

静かに窘《たしな》めると、アドラスさんは奇妙な顔をして口を閉じる。その隙に、私は議場内に集まる人々の顔を一つ一つ確認した。

議場の前列に、ロディス皇子の姿がある。彼の並びには、若く身なりの整った男女が複数。

「ベルタさん。ロディス殿下の横にいらっしゃるのは、皇室の方々ですか」

「そうだよ。継承権持ちの皇子皇女が勢ぞろいだね」

「その中に、フェルナンド皇子は？」

「一番端のほうに」

派手な衣装に身を包んだ、細身の青年を示される。

……よし、必要な条件は揃っているようだ。

震える足に力を込めて、私はもう一度声を張り上げた。

「帝国議会のみなさま。ただいま重要な審議を中断させたこと、心よりお詫《わ》び申し上げます。ですが、どうしてもアドラス・グレイン様と、帝国臣民たる皆様にご報告したいことがあり、急遽《きゅうきょ》この場に馳《は》せ参じました。どうか、私が視た真実をこの場でお聞きいただけないでしょうか」

「失礼。発言してもいいですかな、議長」

機を見計らったかのように、声を上げる男性が一人。顔立ちに老いはあるものの、堂々たる風格を持った人物だ。

その人は立ち上がると、私に向かって優雅に一礼をした。

「はじめまして、物見の聖女様。私は帝国議会副議長、オルドア・アルノーズです」

「あなたが、アルノーズ侯爵……」

「なんと。名前を覚えていただけていたとは、恐悦至極にございます」

侯爵の顔に、品の良い微笑が浮かべられる。しかし瞳《ひとみ》は油断ならない鋭さを保ったまま、彼は悠々と口を開いた。

「さて。まず聖女様におかれましては、この地に至るまで大変なご苦労をなされたと聞いております。なんでも、神殿で追放処分を言い渡されたところを、そちらのエミリオ殿下――アドラス様と共に逃げ出したのだとか。司教殺害の前後も、ご一緒だったそうですね」

ご丁寧にも、大きな声で語られる。彼が私の信用を落とそうとしていることは明白だった。

「聖女様がアドラス様を心配なさるお気持ちはよく分かります。しかし、アドラス様はすでに司教殺害の罪をお認めになっているのです。ご自身もつい先ほど、これ以上の審議は必要ないとおっしゃいました。ですから、どうかお気をお鎮めになりますよう――」

「アルノーズ卿《きょう》。あなたは勘違いをなさっているようですね」

淀《よど》みなく紡がれる台詞《せりふ》をすげなく遮ると、侯爵の優しげな表情がわずかに歪《ゆが》んだ。

「勘違い、ですと？」

「ええ。アドラスさんが私に願ったのは、〝自身の出生の真実〟。無実の証明ではありません。ですから私は今日、彼の出生の真実をお伝えに参りました」

議場内に広がるざわめきは、もはや喧騒《けんそう》となりつつあった。

誰もが私の発言に眉根《まゆね》を寄せ、首をかしげ、「あの女はなんだ」と口にする。

そんな周囲の反応を満足そうに見渡して、侯爵が再び口を開こうとした時だった。

「聞かせてもらおう」

と話すのは、硬質な男性の声。引き寄せられるように皆が視線を送った先では、ロディス皇子が腕を組んで座していた。

「元よりこの議は、アドラス・グレインの継承権の正統性について論じるために行われているのだ。なら、彼女の真実とやらにも一聴の価値はある」

「しかしロディス殿下。いくらこの審議が特例とはいえ、外部の人間に発言させては——」

「議長、どう思う」

ロディス皇子はすかさず反発してきた侯爵の頭上を越えて、議長席に声をかけた。

議長は気まずげに視線を泳がせるも、最後は深くうなずく。

「おっしゃる通りです、殿下。……物見の聖女よ、あなたの発言を認めます」

「ありがとうございます、議長」

謝意を述べながら、こちらを見ようともしないロディス皇子にも、深く頭を下げる。

——状況は整った。

「アドラスさん」

後ろに立つ彼を振り返る。

「私はこれから、真実を明かします。だけど、真実は決して正義ではありません。この真実は、あなた自身を傷つけることになるかも。……それでも、よろしいでしょうか」

「ヴィー……」

迷いを帯びた視線を向けられる。けれど、ほんの一瞬だった。

口角が不敵な角度にきゅっと上がり、いつもの太々《ふてぶて》しく潑剌《はつらつ》とした笑いがアドラスさんの顔に浮かぶ。

彼は私の背中をぽん、と叩《たた》いた。

「どうせなら、派手にやってくれ」


「――まず一つ。此度の司教殺害事件の前に、誰もが抱いた疑問があるでしょう」

私は侯爵に向き直った。

「ラウザ司教による加護証明の儀。それを執り行う案を推し進めたのは、アルノーズ卿でした。もしもアドラスさんがエミリオ皇子だと証明されたら、フェルナンド皇子の継承権が失われてしまうかもしれないのに、どうしてアルノーズ卿は率先して加護証明の儀を行おうとしたのでしょうか」

アドラスさん側にはクレマ妃の手紙しか彼の出生を示唆する証拠はなかったのに、あの儀のせいで彼の正統性は決定的になってしまったのだ。この違和感は、見逃していいものではない。

「私はただ、東部との対立を収めるために、正しい判断をしたまでだ。二十年前のエミうか。


リオ皇子暗殺の疑いまでかけられて、煩わしく思っていた節もあるからな」

「その結果あなたは、お孫さんの立場を危ういものにしてしまった。迂闊《うかつ》ですよね」

私の言葉に侯爵は眉間《みけん》の皺《しわ》を深める。しかし反論はない。

「用意周到で、計算高い。そんなあなたが、なぜこのように迂闊な真似をしたのでしょうか。


ここで一つ、視点を変えてみましょう。あなたは、『アドラスさんがエミリオ皇子ではないと高を括《くく》っていた』のではない。『エミリオ皇子に加護がないという確信があった』のでは？」

幾人かの人が、何を言っているんだと言いたげに息を漏らす。近くに控えるベルタさんも、呆《あき》れたように首を振った。

「えーと、ヴィーちゃん？　それはおかしいよ。君も見ていた通り、結局アドラスくんには加護があったわけだけど」

「その通り。アドラスさんには加護があった。そこに、アルノーズ卿の大きな誤算と――アドラスさんが何者であるか、なぜ司教が殺害されなくてはならなかったのかという謎に至る鍵《かぎ》があるのです」

侯爵は表情を動かさず、平然としている。この程度では揺さぶりにもならないか。

だがこちらにも、まだまだ手札は残っている。

「ここでアドラスさんの出生に関する、皆様の見解を確認しておきましょう。

二十年前。子を身籠《みごも》ったクレマ妃は、継承権争奪の荒波に飲まれて心の均衡を失い、アルノーズ卿こそ我が子を狙う犯人という被害妄想を抱くようになった。そしてとうとう彼女は息子の死を偽装し、エミリオ皇子を自分の侍女に託した。その皇子が、アドラスさんである。……といったところでよろしいでしょうか」

一度議場内を見回すが、異議はない。そこで私は次の話に移る。

「ですが、クレマ妃の不安は決して間違いではなかったのです。

私たちは先日一人の呪術師《じゅじゅつし》に出会い、彼女から『自分の父親はかつて依頼を受けて、エミリオ皇子に死の呪いをかけた』という証言を得ることができました。……そう、エミリオ皇子の命を狙う人間は、確かに存在したのです。当時、エミリオ皇子の命を最も消したかった人物と言えば――アルノーズ卿、あなたになりますね」

「何を言うのかと思えば」

大げさにため息をつく人がいる。フェルナンド皇子だった。

「馬鹿馬鹿しい。何が呪術師だ。数百年も前の存在を持ち出して、おとぎ話でもしたいのか？」

「私は聖女ですよ、殿下。神話の時代、神の宣託を受けた八人の女性の自称後継です」

そう返せば、フェルナンド皇子は悔しげに舌打ちをする。いかに他宗派の話といえど、アウレスタ神殿の在り方を否定できる人間などそうはいまい。

「なら、呪術師とやらが実在して、それに依頼をかけた人間もいたとしよう。だが皇族には加護があるのだぞ。当然、お祖父様《じい》は加護の存在を知っていた。つまりお祖父様が呪いという手段を用いることはないのだ。言いがかりをつけるなら、もっと考えてからにしろ」

「逆に、加護という皇族のみに残された儀式を知っていたからこそ、こう考えられたのではないでしょうか。『加護さえなければ、皇子を呪い殺すことができる』、と」

私の言葉は、彼の理解を通り越していたらしい。フェルナンド皇子は、両の目をぱちくりと瞬かせた。

「貴様、何を言っているのだ……？」

「言葉のままです。クレマ妃がひどく警戒しているせいで、皇子を一般的な方法で殺害することは難しい。でも加護がなければ、そして異端の呪術師がいれば、ほぼ確実に暗殺を遂行することができる。だから予め《あらかじ》、アルノーズ卿は加護の付与を担当する当時の祭儀長を抱え込み、エミリオ皇子の呪殺を計画したのです」

「……！　お前はお祖父様だけでなく、ラウザ司教までも愚弄《ぐろう》するのか！」

飛びかからん勢いで怒声を浴びせられる。私も声をかき消されないよう、はっきりと言い放った。

「アルノーズ卿ははじめから『エミリオ皇子が生きているわけがない。万が一、何らかの方法で生き延びていたとしても、彼の体には加護がない』と知っていたのです。それならば加護証明の儀を行った方が、アドラスさんに加護がないことを大々的に証明することができます。だから彼は、司教を派遣したのです」

「だが、俺には加護の印があったのだぞ」

躊躇《ためら》いがちに、アドラスさんが言う。彼の言葉に、すぐ答えを返すことができなかった。

「……加護の儀を行うのは、その年の宮殿祭儀長。ならばラウザ司教が加護を付与した相手は、他にもう一人いるはずです」

アドラスさんの蒼《あお》い瞳《ひとみ》が揺れた。

口の中がからからになっていく。言いたくない。この人を傷つけたくない。だけど私は、真実を伝えなければならない。

それが、私の役目だから。

「アドラスさん。あなたはエミリオ皇子ではありません。あなたこそが、フェルナンド皇子なのです」


「世迷言《よまいごと》を！」

怒声をかき鳴らすのは、フェルナンド皇子その人だった。

彼は唾《つば》を飛ばしながら卓を叩いて、憎悪も露《あら》わに私を睨《にら》む。

「その女の無礼で根拠のない妄言は聞き飽きた！　兄上、早くその魔女をこの場から退去させるべきです！」

「……」

フェルナンド皇子の発言に呼応するように、議場内の視線がロディス皇子に注がれる。

ロディス皇子は答えず、堅く腕を組んだまま、鋼《はがね》のような一瞥《いちべつ》を私に向けた。

それを「まだ続けてもいい」という意思表示なのだと勝手に解釈して、私は言葉を重ねていく。

「根拠ならあります。アドラスさんがエミリオ皇子であると言われるきっかけとなった、クレマ妃の手紙。この手紙にアドラスさんこそがフェルナンド皇子であると、はっきり書かれているのです」

「でたらめを言うな！　そんな記述、どこにもなかったぞ」

「では、実際にお読みしましょう」

ベルタさんが妃の手紙の写しを差し出してくる。それを受け取って、私は文面を読み上げた。

『親愛なるマルディナへ
突然このような便りが届いて、あなたは驚いていることでしょう。あるいは、怒っているかもしれませんね。私のせいで、あなたは女としての幸せを不当に奪われることになったのですから。でも、どうか……あなたがこの手紙を破り捨てず、愚かな私の話を聞いてくださることを祈ります。

あなたがその子を連れて私の元を去ってから、もう二年が経ちました。あなたが消えたばかりの頃、私は怒りと喪失感とで骸《むくろ》のように成り果てておりましたが、確かに年月は人を癒すものですね。最近は、以前よりも心穏やかに過ごせる時間が増えました。

それでも、時折エミリオのことを夢に見ます。私の大事なエミリオ。無垢《むく》で、誰よりも汚れのないはずのあの子が、どうして命を狙われなければならなかったのでしょう。どうしてあの子はいま、私の腕の中にいないのでしょう。そのことを思うと、二年前の激情が当時と同じ熱を持って湧き上がるのを感じます。

やはり私は、彼らを許すことができないようです。自覚のないまま、彼らも私と同じ苦しみを味わえばいい。

ですがあなたには、取り返しのつかないことをしてしまいました。

あなたがいま、どのような生活をして、周囲からどのような評価を受けているのかは聞き及んでおります。

本当は、あなたは誰より気高く心優しい女性なのに。あなたはその子を、そして私のことを守るために、約束された幸せも、名誉も全て捨てることになったのに……。

全て私のせいです。

それなのに、私は怨嗟《えんさ》に取り憑《つ》かれ、自分の感情ばかりを燃やし続けておりました。

本当に、ごめんなさい。

マルディナ。あなたに一つ、お願いしたいことがあります。

どうかその子を、このままあなたの手で育ててやってくれないでしょうか。

その子は、正統なる第十位継承権保持者です。本来ならば然《しか》るべき教育を受け、母の腕に抱かれて育つべき人なのでしょう。

でもその子が王宮に戻ったなら、私はきっとその子を死なせてしまうから。だからあなたに守り続けてもらいたいのです。

あなたに頼み事をする資格が私にないことは分かっています。だけどもう、あなたしか頼ることができないのです。

あなたがこの願いを、聞き届けてくれることを信じて』

「……ごめんよ、ヴィーちゃん。これを読んでも、アドラスくんがエミリオ皇子であるとしか読めないんだけど」

読み終えたところで、ベルタさんが首をかしげた。議場内に並ぶ人々も、同様の反応を示している。

「よく注意してお読みください。この文中で、クレマ妃は〝あの子〟と〝その子〟という言葉を使っています。〝あの子〟は『私の大事なエミリオ。無垢で、誰よりも汚れのないはずのあの子が……』という文言から、エミリオ皇子であることは間違いありません。

では、〝その子〟は誰なのでしょうか。それも文中ではっきり書かれています。『その子は、正統なる第十位継承権保持者です』と――」

「あ……」

私の考えが正しければ、エミリオ皇子は既に呪殺されている。ならば第十位継承権は次の皇子のもの。

その意味を察して、フェルナンド皇子――と、今は呼ぼう――は言うべき言葉を失い、顔面を真っ青に染めていた。

「……ここからは、私の推測になりますが。

エミリオ皇子は加護がなかったために、幼くして呪殺されてしまったのでしょう。その死は新生児によくある突然死として片づけられてしまいましたが、クレマ妃は自分の子供が侯爵一派によって殺されたのだと理解していました。そして手紙にある通り、〝彼ら〟も〝同じ苦しみ〟を味わうべきだと考えた。

だから生まれたばかりのフェルナンド皇子を、予め用意しておいた赤子と取り換え、手に入れたのです。実際にどんな方法を用いたのかは分かりませんが、おそらくフェルナンド皇子の出産に立ち会った人間の中に、クレマ妃の内通者がいたのかと」

フェルナンド皇子は大変な難産で、妃は出産後間もなくお亡くなりになったと聞いている。その混乱に乗じれば、上手《うま》く赤子を取り換えることが可能だったのかもしれない。

「でも、どうしてそんなことをしたのさ」

「……命を奪うため、ではないでしょうか。それもひどく残忍な方法で。『その子が王宮に戻ったなら、私はきっとその子を死なせてしまうから』という手紙の記述も『フェルナンド皇子が目の前に現れたら、なんとしても命を狙う』という意味合いに取れますからね。

——こうした前提で手紙を読むと、アドラスさんのお母様が一体何をしたのか、推察することができるのです」

手元に手紙の写しを持った人々が、食い入るように紙を覗《のぞ》き込む。そのあと彼らは何かに気づいたように、紙から私へ視線を移した。

「クレマ妃はフェルナンド皇子を殺し、自分と同じ……いえ、それ以上の苦しみを侯爵一派に味わわせようとしました。でもそうなる前に、マルディナさんは皇子を抱え、王宮を抜け出したのです。きっと……目の前で罪もない赤ん坊が殺されるのを、黙って見ていられなかったから」

最後の言葉は、自分にだけ聞こえるよう、弱く囁《ささや》くように言う。勝手な動機づけはすべきでないが、口にせずにはいられなかった。

「だけどそれだと、赤ん坊の取り換えに加担したのも同然だよね」

ベルタさんがやや批判をにじませながら言う。

「本当に赤ん坊のことを思うなら、赤ん坊を元に戻してやって、クレマ妃を告発するべきだったんじゃないかい？」

「それはできなかったのでしょう。もし彼女を告発すれば、クレマ妃は帝国皇子の命を狙った罪人として、厳しく裁かれることになったでしょうから。……クレマ妃もまた、自身が産んだ皇子を殺された被害者だというのに」

　クレマ妃の行いが許されないものだとは、誰もが理解できる。だがもし、彼女の息子が他者の手によって殺されたのだとしたら。そのせいで、彼女が復讐《ふくしゅう》心に駆られてしまったのだとしたら――

「友であるクレマ妃を告発できない。だけど、このまま皇子が殺されるのを黙って見ていることもできない。だからマルディナさんは、両者を守るためにフェルナンド皇子を連れて逃げることにした……という仮説をたてることはできます」

　議場内をぐるりと見回す。ある人は驚きに、ある人は怒りに、ある人は不安に顔を染めながらも、皆一様に口を閉ざして私の言葉を待っている。

「さて。ここで話を加護に戻します。絶対にアドラスさんに加護がないという確信を持って行われた加護の証明。しかし実際にははっきりと、アドラスさんの体に印が現れてしまいました。事情が分からずとも、司教はアドラスさんの正体が誰であるかすぐに分かったでしょうね。自分が加護を与えた皇子で、二十年前マルディナさんが連れ去ることができた存在、という条件に当てはまる人物はたった一人しかいませんから。

　ではベルタさん。司教はアドラスさんの加護を確認したあと、どのような行動を取ったでしょうか」

「……ラウザ司教は、なぜか予定していた転移魔法を拒否して、頑《かたく》なにグレイン領に残ろうとしていたよ」

「そうです。司教の行動はあまりに不自然で、まるで帰還を恐れているようにも見えました。今となっては、あの方の考えも理解できます。ラウザ司教は、命の危険を感じて怯《おび》えていたのです。

今後、アドラスさんが真のフェルナンド皇子であると気づく人物が、現れないとも限りません。そうなれば、帝国はそちらにいらっしゃるフェルナンド皇子の真偽を確かめるため、ラウザ司教に加護の証明を行わせようとするでしょう。

つまりラウザ司教は、本人の意思とは関係なしに、存在そのものがアルノーズ卿《きょう》の脅威となってしまったのです」

「ああ、なるほど！　帝都には侯爵の手の者がうようよいる。その気になれば、司教の殺害など簡単だ。それならグレイン領に残って軟禁状態にあった方が、安全と考えるのが自然だね。……ま、それは間違いだったのかもしれないけどさ」

「ラウザ司教は、聖職者に扮《ふん》した魔術師たちのことも警戒しているようでした。彼らからも距離を取りたかったのかもしれません。何にしても、彼の不可解な行動はこれで説明がつきます。ですから――」

「だから、なんですかな」

丁寧でありながらも、敵意を隠さぬ声に遮られる。これまで沈黙していたアルノーズ侯爵が立ち上がったのだ。

「なるほど、確かに筋は通っている。大きな矛盾も見当たらない。だが、聖女殿。証拠はどこにあるのかな？」

　確かな自信を含んで訊《たず》ねられる。となれば、私は首を横に振るしかない。ここで偽りを口にしても、容赦なく叩《たた》き潰《つぶ》されるのは目に見えている。

「……証拠は、ありません」

「でしょうな。聖女殿の話は全て憶測でできている。証拠は何もない。そんな話になんの意味があると言うのですか。可能性だけならば、無限に話を組み立てられるものですよ」

「そうですね。その通りだと思います」

　私の手元には、何もない。

　アドラスさんの無実を証明する証拠も。アルノーズ侯爵が司教と共謀し、エミリオ皇子に加護を与えず呪い殺したという証拠も。侯爵が司教を殺害したという証拠も。

　私は遠くにぼんやりと見えている可能性を、ただ眺めて言葉にしているに過ぎない。

「ならばこれ以上の議論は不要だ。私への誹謗《ひぼう》中傷については目を瞑《つぶ》りましょう。だがこの場所は、若い娘の妄想を垂れ流していい場所ではない」

　さりげなく吐き出された毒言に、「そうだ」「異国の人間がでしゃばるな」といくつか賛同の声が上がった。

「聖女殿にはそろそろご退場願おう。それでいいですかな、議長、ロディス皇子？」

　声を掛けられた二人のうち、一人は胃痛を堪《こら》えるような表情で、一人は相変わらずの鉄仮面で、それぞれ無言を貫いた。

異議を唱えぬ彼らを満足そうに横目で確認して、侯爵は係官に目配せする。彼らは私を排除せんと、ゆっくり歩み寄ってくる。

どうやらこれが最後の機会のようだ。私は、フェルナンド皇子に語りかけた。

「……フェルナンド皇子殿下。あなたも、アドラスさんの暗殺未遂や司教殺害の件に、無関係ではないはずです。今の私の話を聞いて、どうお考えになりましたか。あるいは、司教の殺害について、真実を全てお話しいただく決意はつきませんか」

皇子は茫然《ぼうぜん》と宙を見つめていた。無理もない。いきなり妙な女に、自分の出自を否定されたのだから。

彼は縋《すが》るように侯爵へ目を向ける。戸惑う孫に、侯爵は重くうなずく。

「……け、決意もなにも。お前の言葉は全てまやかしだ」

祖父の視線に操られるように、フェルナンド皇子は声を絞り出した。

「話すことなど何もない。この無礼は必ず償わせてやる！」

「……」

やっぱり、そうなってしまうか。

アルノーズ侯爵の自白など、とうてい期待できない。だけど、フェルナンド皇子なら。彼の言葉を聞けたなら、新たに見える真実があるかもと期待を抱いていたのだけれど。

「分かりました。ならば、私も最後の手段を取らせていただきます」

胸元から赤い紐《ひも》を取り出す。先についた鈴が揺れて、りんと涼やかな音が鳴った。突然取り出された小物に、皆が不思議そうな顔をする。

その正体を知る人たちだけが、「あ」と声をあげた。

「ヴィ、ヴィーちゃん！　それをここで使うのは――」

紐をぶちりと引きちぎる。静止の言葉など、聞いている暇はなかった。

ヂリリリリリリリリリ
鈴が無機質な狂乱音をかき鳴らす。

千切れた繊維の一つ一つから、魔力の光が手を伸ばすように溢れ出てくる。それらは繋《つな》がり合い、増幅して、陣を構成し――

瞬間、閃光《せんこう》を放った。

「……呪術師《じゆじゆつし》、ザザヤである。求めに応じ、参上する」

小さく抑揚を欠いた声が、じりりと鼓膜を震わせた。

同時に消えゆく光の束の中心から、小さな影がぬらりと伸びる。影は赤絨毯《じゆうたん》の上に降り立つと、私の方を振り返った。

「ザザヤさん……」

「意外と早い呼び出しだったな、物見の聖女。……ところでここはどこだ？　妙に人間が多いが」

幻想的な登場とは裏腹に、ザザヤさんは少し焦っているようだった。転移した先で、こんなに大勢の人間に囲まれるとは思わなかったらしい。

「帝国議会の議場です」

と答える。するとザザヤさんは、小さな額に皺《しわ》を寄せた。

「ずいぶんと危険なところに人を呼びつけたものだな。私を殺す気か」

「ごめんなさい。ですが、どうしてもあなたのお力をお借りしたかったのです」

私の言葉に、ザザヤさんは「む？」と意外そうに眉《まゆ》を上げる。

「お願いします」と再度頼めば、彼女は仕方なさそうに、唖然《あぜん》とする人々を見回した。

「……で、誰を呪えばいい」

物騒な発言が、凍《い》てつく議場の空気を打ち砕く。

これまで事の成り行きを眺めていた人々が、〝呪術師〟を前にして顔に恐怖を張りつかせた。幾人かは、この場から逃げ出さんと腰を浮かせる。

「彼を」

私は素早くフェルナンド皇子を示した。皇子はこちらの視線に射抜かれ、「ひいっ」と甲高い声をあげる。

ザザヤさんは皇子をじっと観察したあと、彼の胸元に光る紋章を認めてあからさまに表情を硬くした。

「三つ首の竜の紋章……。もしかして、皇族か？　加護ありは呪えないぞ」

「私の予想が正しければ、彼には加護がありません」

「ほぉう？」

ザザヤさんは興味深げに首を傾け、上目遣いで私を見上げる。強く見返せば、黒い瞳《ひとみ》が笑んだように細められた。

「良いだろう、物見の聖女よ。もとよりそういう契約だ。全身全霊全呪でもって、お前が望むままに呪ってやろう。——あの者の名は？」

「……フェルナンド・エデルハイド」

「どんな呪いを望む？」

「種類は問いません。とびきり強くて、目で見て効果が分かるものを」

「承知した。では始めよう」

うなずくと同時に詠唱が開始され、ザザヤさんのローブがぶわりと広がった。はためく裾《すそ》から魔力が溢《あふ》れ、陣を広げて形を成していく。

「衛兵、何をしている！」

と侯爵が怒声を飛ばした。

「あの女の魔術行為を止めろ！　殺しても構わん！　殿下たちをお守りするのだ！」

「必要ない！」

侯爵の叫びを、ロディス皇子の鋭い一喝が打ち消す。

ロディス皇子は駆け寄ろうとする兵士たちを視線で制すると、床にへたりこむフェルナンド皇子の隣に立った。

「フェルナンド。己に帝国皇族の血が流れていると確信があるならば、堂々としろ。加護がある限り、呪いは我らの体に傷一つ残すことはできん」

「あ、兄上……」

絶望を色濃く顔に映して、フェルナンド皇子は涼しい顔の異母兄を見上げる。更にその反対側に、アドラスさんも進み出た。

「俺は一度呪われかけたが、しっかり加護が弾《はじ》いてくれたぞ。それにあちらの聖女など、呪われたのに平然としている。そう心配しなくていい。何とかなる」

「あ……ああ……」

「──用意はいいか」

双璧《そうへき》に挟まれ震える皇子に、ザザヤさんは呼びかけた。細い指が、フェルナンド皇子の胸元を指差す。

同時に暴風が吹き荒れ、卓上の紙という紙が舞い上げられた。

「あれは……」

一度瞬《まばた》きして見上げれば、紙吹雪の中心に、巨大な異形の影が現れる。

黒く節ばった肢体。迫り上がる角。六つ目の牛頭。

おぞましい姿を象《かたど》るそれは、呪いと呼ぶにふさわしき禍々《まがまが》しさを、全身から香のように漂わせていた。

異形は六つの瞳《ひとみ》でフェルナンド皇子を見据えると、歩みを進めた。踏みしめた一歩に、議場がずしりと揺れ動く。

「ひっ……！」

獲物たるフェルナンド皇子は、呪いの姿が見えずとも、その気配を誰よりも感じているようだ。救いを求めるように彼は忙《せわ》しなく瞳を動かすが、左右にでんと構える二つの影に圧倒されてか、皇子に駆け寄ろうとする者はいなかった。

一歩、また一歩と異形は皇子に迫る。そして手を伸ばした。不揃いに伸びた爪先が皇子の頬を撫《な》でる。触れた場所から泥のような魔力のにごりが滴り落ちて――

「――やめろ！」

ぴたりと異形が動きを止める。

人々は叫び声の主――アルノーズ侯爵に視線を注いだ。

「もういい、やめろ。それを呪う必要はない」

歯を食いしばりながら、侯爵は吐き捨てた。

ザザヤさんがこちらをうかがい見る。うなずいてみせると、彼女はつまらなそうに右手を掲げた。異形は瞬く間に形を失い、黒い靄《もや》となって、主人の体を包み込む。

次に私が瞬きした時には、異形も、ザザヤさんの姿も消えていた。

「お、お祖父《じい》様……」

フェルナンド皇子が、力なく祖父に呼びかける。

「なぜお止めになったのですか、お祖父様……」

「止めずとも、結果は同じだからだ」

答える声は苦々しげで、諦観《ていかん》に満ちていた。

祖父――だと思っていた男の言葉の意味を悟り、フェルナンド皇子は目を見開いたまま がくりと肩を落とすのだった。

「認めるのか、アルノーズ卿《きょう》」

と、ロディス皇子。彼の険しい表情には、激しい怒りが燃え盛っている。

「貴様は、己の私欲のために帝国皇室の人間をその手にかけたと。フェルナンドが加護を持たぬと知ってもなお、その事実を隠匿し、真の皇子に罪を着せ、排除しようとしたというのか」

「……この場で、これ以上何かを語るつもりはありません」

問いかけに、侯爵は居直って首を振った。ロディス皇子は怒りを濃くするが、更なる追及は口にせず、兵士たちに呼びかける。

彼らはアルノーズ卿を取り囲むと、神妙な面持ちで出口へと歩き出した。

「駐留地手前でアドラスさんを襲った兵士たち。あれは、あなたの配下ですか」

堪《こら》えきれず、私は連行される侯爵の背中を呼び止めた。

「……」

答えはない。しかしそうとしか考えられなかった。

侯爵としてはアドラスさんを生かして濡《ぬ》れ衣《ぎぬ》を着せるより、彼を消して『アドラスは司教を殺害したのち姿を消した』という筋書きを立てたほうが、よほど都合が良かったことだろう。でも……

「アドラスさんは、あなたの血を分けた孫でしょう。それなのに、どうして！」

どうしてアドラスさんのことを殺そうとしたのか。どうして彼に罪を着せ、存在自体を闇に葬ろうとしたのか。どうして――

溢れる疑問と怒りのせいで、声が震えて続きが言えない。

そんな私に、侯爵は自嘲《じちょう》を含んだ笑みを浮かべるのだった。

「お前には一生分からんよ、物見の聖女」

最終話

『物見の聖女ヴィクトリア殿は、類稀《たぐいまれ》なる洞察力によって皇子フェルナンドの出生の謎を明らかなものとした。またそれに留《とど》まらず――』

そんな書き出しで始まる文書には、その後紙三枚にわたって、私を賛美するむず痒《がゆ》い文章が綴《つづ》られていた。

それを無感情な瞳《ひとみ》ですらすらと追っていき、オルタナ様はあっという間に文末へとたどり着く――が、そこで彼女の瞳がピタリと止まった。

『深く感謝の意を表すると共に、聖女ヴィクトリア殿の変わらぬご活躍と慈悲深き救済を心より願う。

レオニス・エデルハイド、ロディス・エデルハイド……』

「……」

「帝国皇室の方々が、直接ご署名くださいました。皇帝陛下はその後ご不調で、再び床に伏せられてしまいましたが」

私の言葉など聞こえていないかのように、オルタナ様はもう一度紙面を初めから辿《たど》る。

その途中で、唐突に紙の合間から鋭い一瞥《いちべつ》を投げてきた。

「何が言いたい」

「彼女の聖女位剝奪《はくだつ》を中止していただきたい」

答えたのは、私の隣に立つアドラスさんだった。

一歩進んで力強く答える彼は、今は錆色《さびいろ》の髪を丁寧に整え、煌《きら》びやかな装飾が施された衣装をカチリと着こなしている。胸には、皇族徽章《きしょう》がこれでもかと目立つように輝いていた。

「物見の聖女殿のお力は本物だ。この方のご尽力により、私は自らの出生の謎を知ると共に、忌まわしき謀略から我が身を守ることができた。更に、聖女殿がいらっしゃらなければ帝国皇室の血統は乱れ、我欲に塗《まみ》れた者の手に帝国そのものが落ちていた可能性も否定できず――」

「くだらぬ芝居は結構だ」

長々しい口上をぴしゃりと打ち止め、オルタナ様は書類を雑な手つきで卓上に投げ出す。

するとアドラスさんも「そうだな」とあっさり表情を緩め、不敵に両手を腰に置いた。

「まあとにかく、彼女のお陰で俺たちが助かったのは事実だ。帝国皇室もこうして感謝の意を表明している。それを無視してあなた方は、彼女を無能と断じ追放することができるのかな？　場合によっては、こちらもそれなりの対応を取らせてもらうぞ」

「……内政干渉、だな」

「それについては、全世界が『お前が言うな』と返すと思うぞ」

オルタナ様はむっつりと黙る。神殿の縦横無尽な救済活動が陰でなんと言われているのか、彼女も知ってはいるらしい。

不機嫌そうな沈黙が流れるなか、私は意を決し口を開いた。どうしても、この人に言わなければならないことがあるのだ。

「オルタナ様。綺麗事《きれいごと》と真実だけではこの世は救われない、というあなたのお考えは私も正しいと思います」

媚《こび》を撥《は》ねのけるような瞳が向けられた。刺さる敵意を肌に感じつつ、目を逸《そ》らすことなく言葉を続ける。

「真実は正義でも救済でもありません。時には、真実を捻《ね》じ曲げてでもなさねばならぬこともあるでしょう。その結果人々が救われるなら、別に真実がどうであろうと関係ないのかもしれません。……ですが、偽りを塗り固めて至った先には、必ず綻《ほころ》びが生じます」

例えば東部の人々のように。例えばあの侯爵のように。願いのままに真実を塗り替えていけば、やがて人は、後戻りのできない断崖《だんがい》へと追い詰められてしまうのだ。

それはきっと、オルタナ様も例外ではない。

「正直なところ、どうすることが正解なのか私には分かりません。ただあなたの行いが、あなた自身が、全て正しいとはとても思えないのです。

だから私は、これからも真実を追求しようと思います。あなたが求める理想があるならば、私はその欠落を探し出します。あなたが切り捨てようとするものがあれば、私はそれを拾い上げます。そしていつか、あなたの成そうとしていることが間違いであると思ったならば——その時は、真実であなたを叩《たた》きのめしてみせましょう」

「……」

「だから、聖女はやめません」

言い切って、目の前の聖女に強い眼差《まなざ》しを向ける。

オルタナ様はすぐには答えない。

こちらの覚悟を推し量るような沈黙が、痛いほど長く続いた。

「——そうまで挑発されて、私がお前の聖女復帰を認めると思うのか？」

「ではこの勝負、オルタナ様は降りるのですね」

私が挑発してみても、オルタナ様の表情は変わらなかった。

しかし彼女の体から溢《あふ》れる魔の色が、雷に打たれたように弾《はじ》け燃え盛る。

静かな執務室で、私の目にだけは、彼女の荒れ狂うような感情がはっきりと視えていた。

オルタナ様は立ち上がり、文書をくしゃりと片手で握りしめる。

「良いだろう。受けて立つ」

正門をくぐり、白石の階段をゆっくりと下る。

高台の神殿から自治区へと延びるこの大階段からは、小さな町並みと広大な森林のほか、今日のように晴れた日には、レピウス山脈の青い稜線《りょうせん》までを一望することができる。

吹き上げる風にせっかく整えた髪を乱されながら、アドラスさんはしばし目の前の光景に魅入っていた。

そしてぽつりと、

「やはりあの御仁はおっかないな。前に立つと、ついつい緊張してしまう」

言っていることはその通りなのだが、彼が言うとなんとも説得力がない。

本人だけが大真面目に主張しているのがおかしくて、私は小さく吹き出した。

「確かにオルタナ様は、常人とは一線を画す才能と人望の持ち主です。これからあの方の手によって、神殿は大きく変化していくことでしょう。いずれあの方の力は、大陸全土にすら及ぶかも」

「君はそんな女性に宣戦布告をしたわけだ。あの御仁の敵役は、相当骨が折れるぞ」

「良いんです。もう決めましたから」

はっきりと答えれば、彼はそれ以上何も言わない。ただ優しい微笑みを返してくれる。

ほんのりと胸に温かさが広がるのを感じながら、私はずっと問いかけることのできなかった質問を口にした。

「……アドラスさんの方こそ良かったのですか。結局あなたは、望まぬ地位を手にすることになりました」

先日、帝国皇室録の記載に修正が入り、アドラスさんは正式に帝国皇帝の十人目の子供、〝アドラス・フェルナンド・エデルハイド〟として認定された。

しかも皇帝陛下が病床に伏せる直前に下した勅命を受け、議会は次の継承選の準備を始めたという。間もなくアドラスさんは次の皇帝候補として、更なる波乱に身を投じねばならなくなるのだ。

「いくら野心がないとはいえ、味方がいない状態で継承選に臨むなど危険です。それもこれも、私があなたの出生の真実を暴いたせいで……」

「良いんだ。もう決めた」

私の台詞《せりふ》を真似して、アドラスさんは悪戯《いたずら》っぽく笑った。

「それに君には本当に感謝している。君が真実を明かしてくれなければ、俺は生みの母の存在も、母の……マルディナの犠牲も知ることはなかっただろう。欲を言えば、死んだ母の本音を聞きたかったものだが。そこは諦《あきら》めるしかないな」

そう話す声は明るいが、隠しきれない寂寥《せきりょう》が込められていた。

結局姿を視ることも、声を聞くこともできなかったマルディナさん。彼女が何を思ってアドラスさんを王宮から連れ出したのか。どんな気持ちでアドラスさんを育んできたのか。それは彼女自身にしか分からぬ真実である。

だけど。私は声を出さずにはいられなかった。

「マルディナさんがどんなお考えであったのかは、私には分かりません。でも、彼女はアドラスさんに真実を伝えないままお亡くなりになりました。本当なら、アドラスさんにだけ密《ひそ》かに真実を伝えることだってできたはずなのに……。それって、死後も自分がアドラスさんにとって唯一の母親でありたいと願ったからではないでしょうか」

それは決して褒められた行為ではない。だけど、確かな愛情は感じられる。

「それに、アドラスさんにそこまで大事に思われながら過ごしてきた日々が、苦痛であったとも思えません。だからきっと、マルディナさんにとってアドラスさんと過ごした時間は幸せだったと——私は、そう思います」

「そうだろうか」

自嘲《じちよう》気味な笑みが向けられる。それに大きくうなずき返す。

「はい。だって私もそうですから」

「……え」

「リコくんやマルディナさんがうらやましいです。私ももっと、アドラスさんのお側にいられたらいいのに」

アドラスさんが足を止める。どうしたのかと顔を覗《のぞ》けば、彼はこれまでに見たことのないような表情を浮かべていた。

これはなんと形容すればいいのだろう。驚きに引き攣《つ》る顔を、じっくり赤く茹《ゆ》で上げたような——

「いや、他意がないのは分かっている。分かっているから待ってくれ。少し驚いているだけだ」

「はあ」

珍しく早口にまくしたてるアドラスさんを、ぼうっと見つめる。

彼は口元を覆って私から顔を背けたが、やがて深く息を吐くと、困ったように首を振った。

「参ったな。これは俺の負けだ」

「何の勝負ですか」

「いいからとりあえず勝っておけ」

覚えのない勝利を言い渡されて、首を捻《ひね》る。しかしいくら待てども答えが返ってこないので、諦めて私は再び階段を下り始めた。

一段、また一段。そうして、とうとう私たちは最後の段へ到達する。

「さて、これから忙しくなるな」

「……ええ、そうですね」

これから私たちは、再びグレイン領へと赴くことになっている。

グレイン卿《きょう》など東部貴族との話し合いや、司教殺害事件の証拠整理。そうした諸々の後片づけを、二人でこなさなければならないのだ。

だけど――

「アドラスさん、無理はしないでくださいね。フリードさんのことだって、まだお辛《つら》いでしょうし」

私の言葉に、アドラスさんは苦笑を漏らす。

フェルナンド元皇子の供述や侯爵家立ち入り調査によって、グレイン領に潜む内通者の正体は早々に明らかとなった。だがその中に、アドラスさんの友人であるフリードさんの名前も含まれていたのだ。

この話を聞いた時、アドラスさんは「やはりな」と平気なふりをしていたけれど、目元ににじむ寂しげな色を、隠しきれてはいなかった。

私が掘り起こした真実が、この人をまた傷つけた。そしてこれからも、彼は様々な苦痛と困難を味わっていくことになるだろう。

真実は、正義ではない。自分で吐き出したはずの言葉が、どうしようもなく胸を抉《えぐ》る。

「ま、どうにかなるさ」

アドラスさんは、私の沈鬱《ちんうつ》な気持ちを見透かしたようにからりと笑った。

「なにせ俺には聖女という、他にはない強力な味方がいるからな。困った時には、きっと彼女が神に代わって救いの手を差し伸べてくださるだろう」

おどけた言葉にどう返したものかと少し悩む。そのあいだに、アドラスさんは最後の段差をひょいと降りて、こちらを振り返った。

「聖女殿。どうか、俺を助けてくれないか」

以前どこかで耳にしたような台詞を口にして、アドラスさんは手を差し出してくる。

何の魔力の気配も感じられない。ただの男の人の、ごつごつとした手。

それなのに、胸が騒ぐ。耳の奥で、波乱が渦巻く音がする。

「……お任せ下さい」

微笑み返して、私はその手を強く握るのだった。

本書は第6回角川文庫キャラクター小説大賞《奨励賞》を受賞したカクヨム作品「無能聖女ヴィクトリア」を、改稿の上、改題し、文庫化したものです。

聖女《せいじょ》ヴィクトリアの考察《こうさつ》

アウレスタ神殿物語《しんでんものがたり》

春間《はるま》タツキ

令和3年 8月25日　初版発行
令和6年 10月30日　3版発行

発行者●山下直久

発行●株式会社KADOKAWA
〒102-8177　東京都千代田区富士見2-13-3
電話　0570-002-301（ナビダイヤル）

角川文庫 22789

印刷所●株式会社KADOKAWA
製本所●株式会社KADOKAWA

表紙画●和田三造

ISBN 978-4-04-111525-1　C0193

◆◇◇

角川文庫発刊に際して

角　川　源　義

第二次世界大戦の敗北は、軍事力の敗北であった以上に、私たちの若い文化力の敗退であった。私たちの文化が戦争に対して如何に無力であり、単なるあだ花に過ぎなかったかを、私たちは身を以て体験し痛感した。西洋近代文化の摂取にとって、明治以後八十年の歳月は決して短かすぎたとは言えない。にもかかわらず、近代文化の伝統を確立し、自由な批判と柔軟な良識に富む文化層として自らを形成することに私たちは失敗して来た。そしてこれは、各層への文化の普及滲透を任務とする出版人の責任でもあった。

一九四五年以来、私たちは再び振出しに戻り、第一歩から踏み出すことを余儀なくされた。これは大きな不幸ではあるが、反面、これまでの混沌・未熟・歪曲の中にあった我が国の文化に秩序と確たる基礎を齎らすためには絶好の機会でもある。角川書店は、このような祖国の文化的危機にあたり、微力をも顧みず再建の礎石たるべき抱負と決意とをもって出発したが、ここに創立以来の念願を果すべく角川文庫を発刊する。これまで刊行されたあらゆる全集叢書文庫類の長所と短所とを検討し、古今東西の不朽の典籍を、良心的編集のもとに、廉価に、そして書架にふさわしい美本として、多くのひとびとに提供しようとする。しかし私たちは徒らに百科全書的な知識のジレッタントを作ることを目的とせず、あくまで祖国の文化に秩序と再建への道を示し、この文庫を角川書店の栄ある事業として、今後永久に継続発展せしめ、学芸と教養との殿堂として大成せんことを期したい。多くの読書子の愛情ある忠言と支持とによって、この希望と抱負とを完遂せしめられんことを願う。

一九四九年五月三日

聖女ヴィクトリアの逡巡

アウレスタ神殿物語

春間タツキ

帝国皇帝の不審な死の真相を暴け。

アウレスタ神殿の物見の聖女、ヴィクトリアは、霊や魔力を視《み》ることができる。その力で帝位継承にまつわる陰謀と、騎士アドラスの出生の秘密を明かしてから数週間。ついに皇帝が崩御し、10人の候補者の互選によって次代皇帝を決める継承選が始まった。だが、ある候補者の策によって、帝位を望まないアドラスが当選してしまう。再投票の交換条件として、ヴィクトリアは謎めいた皇帝の死の真相を解き明かすことになり……⁉

角川文庫のキャラクター文芸

ISBN 978-4-04-112492-5

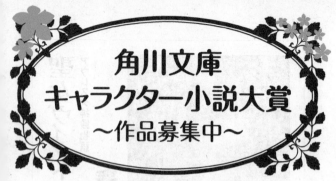